战"疫"书简

李修文——主编

长江出版传媒 | 长江少年儿童出版社

序　言

希望与尊严之歌

李修文

若干年后，我们和我们的下一代，如何共同回顾这场抗击新冠肺炎疫情的战斗，共同回顾我们在这场斗争中所亲手捍卫的希望与尊严？收录在本书里的所有书信即是最好的凭证和纪念，这些或朴素沉静或慷慨激昂的文字，证明了普通人的坚韧，证明了勇士们最真实也最坚贞的内心，更证明了无数个体在灾难里如何抱紧彼此，并最终得以构成一个牢不可破的整体。所以，它证明的，其实是尊严，人之为人的基本尊严。

它是真实的。这里有真实的志愿者、医护人员和社区工作者，他们更是真实的人之儿女、人之父母和人之兄弟姐妹，但是，当命运以另外一种面目呈现，我们才得以看见：我们的尊严，就在这些平凡人身上，就在那些冷却的饭菜、被拉紧的衣角和迎着灾难奔跑过去的脚步中，一如我们的人生：并不完美，但无论如何，都要使出全身力气去靠近可能的完美；并不事事如愿，但是，所有的残缺，正在倾尽全力地靠近一个完整的愿望，并且让它得以实现。不信你去读读这些信——身为社区工作者的母亲，一边不忍儿子对她说“把病毒传给我吧，传给我你就好了"，一边却暗暗如离弦之箭一般离去，只因为："我实在不能在这关键的时刻离开我的团队。"还有医生的女儿，她对正在一线抗争的父亲说："我知道，你正在像爱着我一样爱病人！"

它是虔敬的。在与灾难的抗争中，几乎每个人都意识到，我们不仅对自己负有责任，对他人，我们同样负有责任，所以，那些古老的箴言和戒律，在真实的抗争中又一次来到了我们的头顶上，在它们的指引下，我们也必将在热泪、血汗和牺牲中再一次感受所有人重新凝聚在一起的力量；当我下沉社区时，看见那些正待分配的菜，经常会感受到那些菜近似于正在燃烧的火焰，真理之美，尊严之美，尽在其中闪耀。此时此刻，那些帮助身陷在困境中的人们分菜送菜的志愿者们，他们不是别人，他们就是战士，真理之美，尊严之美，正在他们的踉跄奔跑中破土重生。不信你去读读这些书信——一个送儿驰援湖北的山东母亲，在叮嘱儿子一定要照顾好自己的身体之后写道："曾尽匹夫责，不负少年头。"另有一个医护人员的女儿对母亲写道："现在，我对您最大的爱和尊重，就是乖乖在家等您回来。"

它更是充满希望的。法国作家加缪曾说："人的内心里值得赞赏的东西总归应该比唾弃的多。"这句话绝非是空穴来风，我们可以从医护人员取下口罩的脸上找到它，也可以从躺在病床上眺望夕阳的病人身上找到它，我们更可以从武汉这座城市正在发生的精神蜕变里找到它，是的，在一切与灾难抗争之处，我们都可以找到它。也因此，从这本书里迸射而出的每一颗心灵，最终要迎接的，都是希望，也只能是希望——所以，一个导演对身在武汉的小演员说:“灾难之后，我一定会为你留好一个角色。”一个儿童文学作家说:“阅读吧，阅读可以为你抵挡人世间几乎所有的悲哀。”还有一位与武汉结缘甚深的主持人也给武汉写来了信，在信中，他与他的武汉亲人共勉:“不是天生英雄战胜了苦难，而是普通人熬过苦难成了英雄!”

作为本书的主编，在阅读来稿的过程中，我经常被这些朴实而真切的倾诉所打动，但与此同时，我的内心里也无时不被这些平凡而坚韧的人们所感召，所鼓舞。我相信：这些书信绝不仅仅只是书信，它们更是心灵史和斗争史，最终，它们将凝固成一座纪念碑，这座纪念碑所纪念的，是大难当头的绝不倒下，是生命必将重新与希望伴随，是无论什么时候，我们必将从苦难里建立活下去且活得更好的信心。是的，我们的心，也许无法回避苦难，却从未被苦难驯服!

目　录

辑一　亲情篇
生命最纯粹的底色

WUHAN

辑一　亲情篇

生命最纯粹的底色

A1-8

生　命　最　纯　粹　的　底　色

儿行千里母担忧。这封家书，由一位山东母亲写给支援武汉的儿子。写此信时，她的孩子已经奔赴武汉多日，念及孩子离去的背影，回忆孩子成长的点点滴滴，她担忧，更自豪，因为她的孩子已经在远行中成长。

曾尽匹夫责，不负少年头
——山东母亲写给支援武汉的儿子

陈　虹

作者简介：
陈虹，国家二级编剧，现供职于山东省济南市艺术创作研究院。

吾儿：

见字如面。

其实，当你拉着行李出门的瞬间，妈妈就已经后悔，顿时崩溃。对不起，儿子，这不是第一次，好像你每次出远门，我们母子之间，都会有多多少少的不愉快。你带着不开心转身，妈妈转头就泪流满面。

妈妈多想高高兴兴地送你，妈妈多想替你去做更多危险的事，换你平安，换你幸福。然而，成长的路注定要独自前行。面对未知的前路，妈妈还要笑脸相送，说些豪言壮语？那是电视剧里的故事，是演戏。而真实的妈妈，没有那么伟大。因为你带走了妈妈的全部牵挂，妈妈寝食难安，反复絮叨叮嘱所能想到的一切。结果就是你欢呼雀跃、按捺不住奔向辽阔天空的心，被妈妈的唠叨泼得烦躁不安。离别，远行，让你闷闷不乐，让妈妈惴惴不安。

别怪妈妈总在离别时让你不痛快，那是因为只要你离开妈妈，妈妈就会焦虑。自古“儿行千里母担忧”。如果说，之前的远行，妈妈牵挂你的衣食住行，而这次远行，则可能是生离死别。

国家有难，武汉告急。新冠病毒的危害程度，短时间内都是未知数。看到每天感染人数增加，谁也不知道明天会怎样。每个跳动的数字背后，都是一个备受煎熬的患者和一个痛不欲生的家庭。而你跟着团队冒着生命危险逆流而上，支援武汉，是多少家庭的期盼和指望。妈妈虽然一千个、一万个不情愿，但那句拖后腿的话，始终说不出口。妈妈知道，所有出征的都是战士，所有战士都有妈妈。别的妈妈的儿女都可以奔赴险地，妈妈的儿子也可以。

妈妈的爱，非常矛盾。一方面希望儿子振翅高飞，另一方面又希望儿子留在身边不要走，这就是母亲这个角色的通病。每个时代，都是年轻人放飞自我的天下。老一代人思想和能力的滞后，是时代进步的必然结果。妈妈看到你一天天在磨炼中成长，成为一个对社会有用的人，从心底里高兴。但我想说，小能力担小责任，大能力担大责任，都是为国家作贡献。

这次去武汉，你开始还不告诉我。你是怕妈妈担心，怕妈妈拖你后腿。你只对了一半。你不论到哪里，妈妈都会担心，不只是这次。但只要你觉得是对的，妈妈绝对全力支持。

你生在齐鲁大地上，长在美丽泉城。山东这片古老伟大的土地孕育出的儿女，从来不知道什么是退缩。不论是现在，还是历史中的任何年代，山东大地的儿女都是好样的。为了千千万万家庭岁月静好，该你扛事儿的时候，就得去扛。“曾尽匹夫责，不负少年头。”妈妈等你凯旋。

最后，还是妈妈的老生常谈，照顾好自己，保护好自己。身体强壮，才能更好地工作。家里一切都好，不要挂念。

永远爱你的妈妈

2020 年 2 月 15 日夜

2020 年的情人节，武汉市第四医院脊柱外科的护士汪珍已经 20 多天未与家人见面。前线紧张繁忙的护理工作，让她深感往日家庭琐碎的珍贵，因此写下此信，给她最坚实的铠甲——深爱的丈夫。

感谢有你，给我穿上爱的铠甲

——武汉护士写给丈夫

汪　珍

作者简介：

汪珍，湖北省武汉市第四医院武胜路院区脊柱外科护士。

亲爱的老公：

这是我上一线急诊科的第 15 天，也是我离开你和孩子的第 20 天。这 20 天是我过得最单纯的日子：没有辅导孩子作业的鸡飞狗跳，没有家里柴米油盐的琐琐碎碎，只剩下吃饭、睡觉、上班。在以前，这是我梦想的生活，但是它真正在此时此刻来临时，我才知道有多么不容易。

还记得，年前我们科室爆出首例高度疑似患者时，科室里那几乎让人窒息的气氛，同事脸上那谨慎、严肃的神情。大家几乎在同一时间拿起电话，压低声音给家里说着同样的内容——我们科室有疑似病人，我要隔离了，不能回家了……

我还记得，当时你在电话那边焦急地询问我："那你在哪里住？吃喝怎么办？……"一连串的疑问句，最后你说了一句："家里不用担心，有我呢，你在外面一定小心。"

我知道，我一直都知道，你是我能安心上阵的最坚实的铠甲。说我不怕那是骗人的。但是，只要知道有你和老人、孩子安全地在家等着我，我就不那么怕了。我可以整理行装冲上一线，成为千千万万个家庭的铠甲。我们不怕，因为我们每一个一线人员背后都有一座大山，一座名为"爱"的大山。

2 月 14 日是情人节，这天下午值班室收到志愿者送来的玫瑰花，因

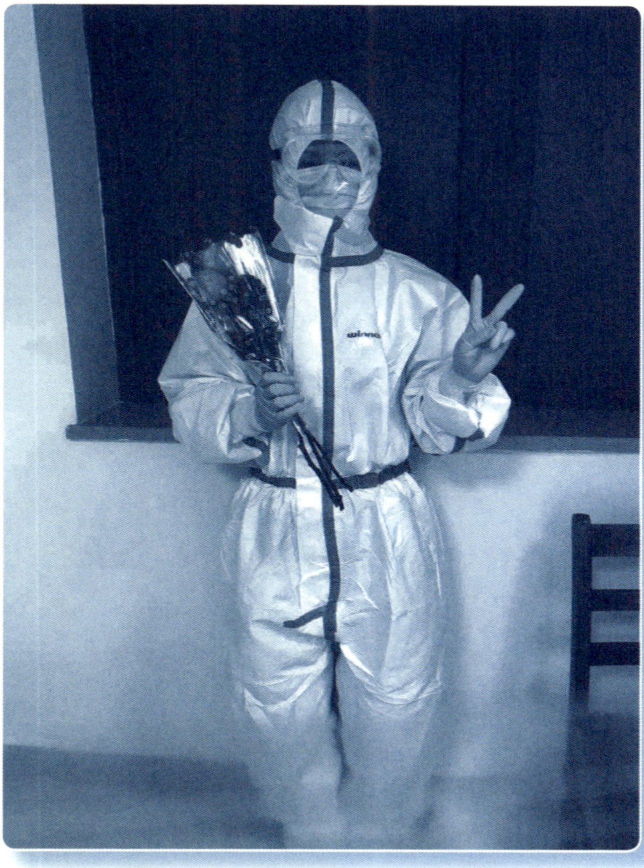

汪珍护士的情人节

为我们穿着隔离服，没听清这些志愿者来自哪里，叫什么名字。当时急诊科留观室有一对 70 多岁的老夫妻：爹爹身患慢性肾病，又染上了肺炎，每天要到医院做透析，然后到留观室输液；婆婆每天陪着爹爹一起来医院，随身带着吃的和水在一旁照顾，他们的爱虽平淡，但真切。当时我拿出一支玫瑰花给爹爹，请他送给婆婆。婆婆紧紧握着我的手一再道谢，眼眶中满是泪水。她告诉我，结婚 50 多年第一次收到老伴送的花，觉得特别幸福。我相信，再过 50 年我们的爱情也是这样，相依相伴，朴实无华。

这两周，每当我在留观室穿着防护服、提着急救箱，穿梭于各个病床之间时，心里就只有一个念头：我是党员，冲锋在前；病毒不散，我们不退。脱下防护服的瞬间，看到社会各界支援的急救物资，我知道，我们背后那一座名为爱的大山越来越坚固，越来越高大……

最近，孩子在家开学了，每天都得守在电脑前面上网课，与老师联系的工作都落在了你的肩上，家里还有两位老人，你都安排得井井有条，我知道你不会让我操心的，你一直都这么棒。

就写这么多吧，马上要换衣服进病房了，我们一起加油吧！

你的妻汪珍

2020 年 2 月 14 日

武汉市水果湖街道办徐东路社区的党委书记张颖洁，因为疫情，白天黑夜连续工作，在非常时期保障居民正常生活。第一次与相依为命的孩子长时间隔离的她，看到孩子这段时间的飞速成长，既感到内疚，又甚觉欣慰。

请感谢生命中的每一次困难

——社区书记写给儿子

张颖洁

作者简介：

张颖洁，湖北省武汉市水果湖街徐东路社区党委书记。

吾儿：

原谅妈妈再一次爽约，等我处理完手头上的工作已经是深夜了，再想和你视频又担心影响你休息。而你似乎也已习惯我的不守约，电话那头等不到我也不会再打过来。这场疫情让人措手不及，也让我感受到你的成长。

从 2 月 6 日返岗开始，我一天要接一两百个电话，处理各种群众求助问题，即便是回到家也停不下来，甚至顾不上看你一眼。这时的你会默默把饭添好递到我的手上，等妈妈吃完你再帮忙把碗刷干净，这要是放在平常，都是不敢想象的事。

我连续工作多日后，开始出现低烧。我的情绪非常低落，把自己封闭在小房间里，还大声呵斥你，不让你进来，你固执地帮我掖好被子，还说："把病毒传给我吧，传给我你就好了！"那一刻，我泪崩了。都说男孩子是皮夹克，好看不中用，但你却像是羽绒被，让妈妈从头温暖到脚。

经过 3 天观察，我基本康复，当你看到我要求重新返岗时，冲我发了脾气，一天都没理我。可是你一定要理解妈妈，我实在不能在这关键的时刻离开我的团队当个逃兵，还有那么多棘手的问题需要解决。所以，从那一天起，我决定不再回家，因为所有的苦可以自己扛，却不愿至亲至爱的人受到伤害。

如今，我俩已分离 20 余天，这是从你出生以来，我们第一次分开这

张颖洁书记在社区搬运物资

么长的时间。想起当年我和你父亲的婚姻走到尽头，你坚定地要跟着我，这些年，我俩相依为命，却因为这场疫情分离。但是你也要感谢生命中的每一次困难，它是磨炼人的试金石，你唯一要做的就是面对它、克服它、战胜它。

现在，学校给你们开了网课，没有老师的监督、没有同学的陪伴，一切都要靠自律。希望你能认真地做好笔记，消化每一堂课的内容。付出努力，终会有收获。

吾儿，相信要不了多久，我们就可以摘掉口罩，自由地呼吸，享受阳光，享受新鲜的空气，你又可以在篮球场上畅快地奔跑啦。

坚持，坚持，再坚持！

爱你的妈妈

2020 年 3 月 9 日

2020年1月初，武汉市第三医院光谷院区呼吸内科专家郭红荣接诊了该院的首例疑似新冠肺炎患者。自那时起，郭红荣连续在抗疫前线工作两个多月未曾休息，身为护士的妻子也请求与丈夫并肩作战，把今年中考的儿子独自留在了家中。心存愧疚的父亲，只能以一封家书为儿子加油鼓劲。

我是一个“不负责”的父亲
——医生写给即将中考的孩子

郭红荣

作者简介：

郭红荣，湖北省武汉市第三医院光谷院区呼吸内科主任，新冠肺炎定点医院专家组组长。

儿子：

今天爸爸还是没能忍住，步行近5公里来看你。见到你的刹那，也还是没能忍住眼泪。我知道，这近50天的日子里，你想爸爸；但是，儿子，你可曾知道，爸爸更想你！今天，爸爸真的好想抱抱你，可我们父子俩也只能远远地四目相对，你说："爸爸注意身体！"我说："儿子，你也一样，好好吃饭，好好在线上上课，好好睡觉！"然后叮嘱你赶忙进屋去，而此时的我已是泪眼蒙眬。

儿子，虽然我跟你妈妈同在一家医院，这些天来，也只有一面之缘。她也在抗疫一线，只愿她能保护好自己，永远都是好好的！儿子，50多天前，当我们科室收治了首例新冠肺炎疑似病例时（其实那时还不知道是新冠肺炎），我就知道情况不妙，所以赶紧送走了爷爷奶奶，然后又送走了你，同时也跟你妈妈分开居住。我知道唯有这样，才能毫无后顾之忧地投入到工作之中（现在看来是一场战役），当时真的有些"风萧萧兮易水寒，壮士一去兮不复还"的悲壮！

元宵节那天，我去湖北电视台做了一档有关新冠肺炎的节目。晚上你看了节目后，在QQ空间里留下这句话："'不负责'的父亲，加油！"是的，儿子，于你，我是一个"不负责"的父亲；于你妈妈，我是一个"不负责"的丈夫；于你爷爷奶奶，我是一个"不负责"的儿子；于你伯伯叔叔姑姑，我是一个“不负责”的兄弟！但是，儿子，爸爸要告诉你的是：你的爸爸绝对是一个负责任的医生！

很多次夜深人静的时候，我在医院看病人，查资料，处理突发情况。由于当时对疾病知之不多，而病情变化又快，有时候爸爸真的感觉很无助。即便如此，爸爸也在想：我的背后有我的亲人在支持，有我的队友在陪伴，也有医院领导的关心与支持，爸爸一定能成功！是的，一定能！我吃不下，睡不着，但是看到病人的情况在一天天好转，我也慢慢淡定了许多！

所以，儿子，人生路上其实有很多的未知。而越是这种局面，我们越要有一种责任，一种担当。正是这种责任与担当给了爸爸强大的支撑，让我无怨无悔地去救治病人。50多天来我没休息一天，看到一个个危重病

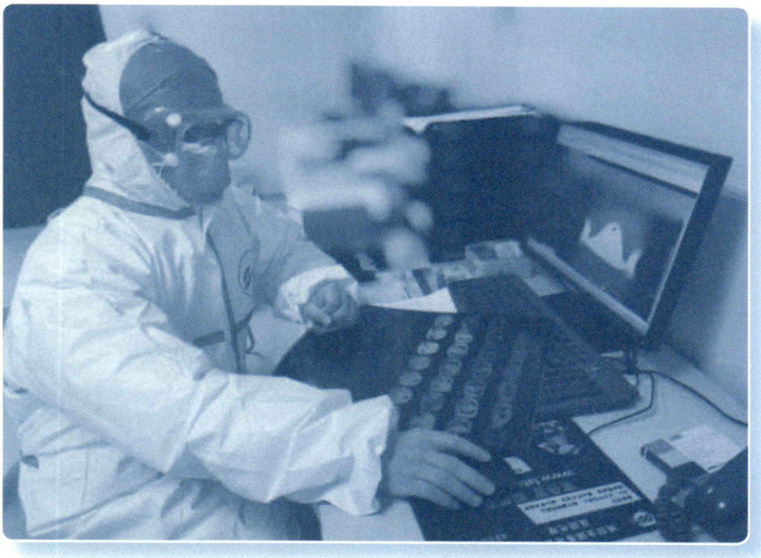

郭红荣医生在查看患者胸部CT片

人被我从死亡线上拉回来，一个个病人治愈出院，你能理解爸爸的喜悦心情吗？

近一个月的时间里，我做了 4 次胸部 CT，一来是担心我染病的话，会传给我的战友或者患者，而更重要的是，这样我可以知道我的身体状况是正常的，可以更放心地投入战斗中。

儿子，你知道吗？身体才是革命的本钱！前几天在网上看到一段评论说，经历了 2003 年 SARS 的中学生现在很多已经成为当下时代的精英、社会的栋梁！我也在想，经历了 2020 年新冠肺炎疫情的中学生，若干年后也必定会有很多人成为社会的栋梁！儿子，今年参加中考的你有信心吗？爸爸始终相信：有志者，事竟成；苦心人，天不负！

儿子，虽然目前形势还比较严峻，但是我们仍然有理由相信，我们一定能打赢这场战役，武汉一定能胜利，中国一定能胜利！因为武汉是一座英雄的城市，武汉人民也是英雄的人民！

儿子，等爸爸凯旋，一定好好抱抱你，好好陪伴你，好好陪伴你妈妈！

你的爸爸

2020 年庚子初春之夜

85后ICU护士佘珊珊在疫情暴发后，将公公、婆婆和9岁的儿子送回乡下老家，先后参加了武汉大学中南医院、武汉市第七医院和雷神山医院的救治工作。大年初二，她的婆婆却因冠心病突发去世，她和丈夫化悲痛为动力，坚持战斗，誓言不获全胜不回家。她向婆婆道出的这一声“对不起”，平凡又伟大……

妈妈，对不起

——护士写给婆婆

佘珊珊

作者简介：

佘珊珊，武汉大学中南医院重症监护室护士。

妈妈：

您在那边还好吗？您身上所有的病痛都好了吧？

您离开我们已整整 60 天了。我从医院回到隔离酒店的房间，望见夜空中闪烁的星星，又想起了您。

您是我的婆婆，但我已经叫了您 10 年妈妈。我本以为还可以一直叫下去，谁曾想到，您走得如此突然，让我来不及最后当面叫您一声妈妈。我是护士，如果不是临时决定要留下来抗击疫情，有我在身边照顾您，风湿、高血压这些老毛病是夺不走您的生命的。

妈妈，我对不起您！

还记得腊月十七那天，您是那样开心，嘱咐我今年一定要回来过年。我知道，您不是在责怪我，是在心疼我。因为在医院工作，结婚 10 年了，我没有陪您老过过一个完整的春节。

我当时答应您，今年一定能如您所愿，因为我已算是科室的“老员工”，有资格休一个完整的年假了。万万没有想到，我又一次食言了。腊月十七的告别，竟然成了我与您的永别。

1 月 23 日，是我们答应您回家团圆的日子。我们连行李都拿到车上了，就在这时，我得知医院要组队支援武汉市第七医院的消息。组队的名单上原本没有我的名字，但事不凑巧，科室一名参战的姐妹突然生病了。您知道，我是科室的“老人”，能不主动顶上去吗？

事发突然，我来不及向您老多做解释，便让新康回去陪您过年。可您说疫情凶险，坚持要他留下来，两个人好有个照应。您还让我们安心工作，尽管放心明明。您叮嘱我们一定要照顾好自己，一定要平平安安地回来。现在，我们平平安安的，您却永远地离开了我们。

妈妈，带着对您的愧疚，也带着您的叮咛和嘱咐，我来到了前线。下午2点到达武汉市第七医院，候诊的队伍见头不见尾，我的心往下一沉，疫情的严重性超乎我的想象。我被分配到ICU病房，没有片刻的迟疑，即刻投入到危重症病人的救治工作中。

由于是临时组建的队伍，好多同事没有ICU病房的护理经验。来不及培训，我就一边做我的工作，一边指导他们。为了提高工作效率，除了护理，我还主动参加查房，随时跟医生沟通病人的体温、血压、心率等动态数据。我还要协助医生给病人插管上呼吸机。这是一项很危险的操作，每次做我都很担心，做完也后怕，因为感染的风险太大了。

那一天，我从下午2点一直工作到次日凌晨3点。之后几乎每天都是如此。为了不让您担心，我没有把这些事情告诉您。您说您多少次想给我打电话，把电话拿起来又放下。我上前线的那一天，您发来语音，嘱咐我一定要保护好自己，让我感受到了无限的温暖。

我永远不会忘记60天前那个悲伤的日子。明明在电话里焦急地告诉我，说您去医院了。我给您打电话，您说没事，只是有点不舒服，到医院做一些常规检查。我怎么也不敢相信，仅仅过了2个小时，就传来了您去世的噩耗。您哪里是没事啊，您是怕我担心您而影响了工作。其实您头一天晚上就出现了不适，那就是冠心病发作的前兆啊！如果我或是新康哪怕有一个人在您身边，断然不会让悲剧发生。

妈妈，对不起！

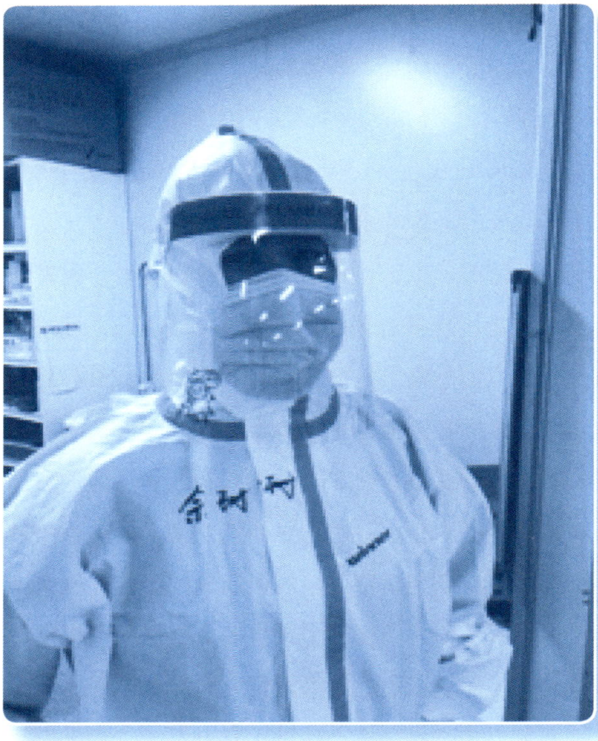

工作中的护士佘珊珊

作为您的儿媳，我抢救过无数人的生命，但在您生命垂危之时，我却未能挽救您。10年来，您待我胜女儿，我却未能好好回报您。您走了，我和新康都没法回去给您送终，我们只能朝着家的方向长歌当哭。

妈妈，60天过去了，可以告慰您老的是，我们没有被悲伤压垮，更没有被病毒吓倒。我在医疗队工作的第20天，作为业务骨干被抽调到了新组建的雷神山医院工作。

我们医院是雷神山医院管理和医疗团队的主要力量。在ICU病区，我已经完全克服了疫情初来时的恐惧，能全身心投入工作了。除了ICU护理之外，我还参加了医院的院内感染控制管理团队，具体负责全院各类人员的医院感染培训和检查监测工作。

在新的工作岗位上，我的任务更重了。做医院感染管理工作对于我来说是一个全新的挑战，我只有全力以赴。不论是做培训讲解、示范，还是指导、检测，不管是普通病区，还是重症病区，我都做到了全程精准严格。至今为止，我们全院没有发生一例院内感染事故，我的工作也得到了领导和同事们的肯定。

妈妈，您在天上能看见我做的这些吗?

在您离开我们之后，新康也加入了抗击疫情的队伍。您儿子是军人出身，将失去您的悲痛化作了力量，主动放弃了假期，把全部的精力投入到方舱医院的建设维护工作当中。现在，我住在医院专为一线医护人员安排的隔离酒店，他则以办公室为家。我们发誓，一天不彻底打败病毒，我们一天不回家。

妈妈，我要特别告慰您的是，您的孙子好像一夜之间也成长了许多。今天，明明给我打电话，第一次主动安慰我，让我不用担心他，说奶奶不在了，他跟爷爷能照顾好自己。

明明懂事了，妈妈，您高兴吧?

昨天省政府通告了武汉解封的时间，我们医院康复出院的人也一天比一天多。我相信，离我们回家的日子已经不远了。

亲爱的妈妈，我永远爱您!

您的儿媳珊珊

2020 年 3 月 26 日

2020 年 2 月 9 日，青岛市市立医院急诊科主管护士姜萍随医疗队逆行武汉，因行程匆忙，未与父母及时话别。牵挂着姜萍的父母，给她手写了一封家书。正在武汉市同济医院援救病患的姜萍收信后泪流满面，回信讲述她在抗疫前线的心路历程。

做一个没有期限的逆行者

——援鄂护士写给父母

姜　萍

作者简介：

姜萍，山东省青岛市市立医院急诊科主管护士。

亲爱的爸爸妈妈：

展信颜悦！拔营至今，已半月有余，想你们！从 2 月 9 日凌晨接到召开援鄂动员大会的通知到清晨出发，时间太匆忙，没有当面跟二老话别，这也是我心中的痛，女儿不孝。看到你们的家书，我特别感谢二老的深明大义。爸爸妈妈，你们都是有着 45 年党龄的老党员了，一直铭记您二老说过的话："共产党员就是国家的先锋队，养兵千日，用兵一时，绝不能当逃兵。"

儿行千里母担忧，只要出门在外，父母的心都是不安定的。依然记得在飞机场收到一贯不善言辞的老爸发来的信息："老爸非常支持你！有你这样的孩子我感到骄傲和自豪！"也依然记得妈妈在电话那头哽咽 10 多秒钟，才字不成句啜泣着说："闺女，保重身体，一定平安回来！"我的眼泪奔涌而出。

驰援武汉的路上，交警一路用敬礼的方式为我们送行，这样的最高礼遇又让我湿了眼眶。那一刻我很庆幸自己作出主动"请战"的决定，这是我至今为止做的最勇敢的一件事情。说不害怕是假的，只是"害怕"早已被肩上的那份责任碾压。

信中二老提到，每周都收到医院送来的慰问品，深表谢意。在抗疫一线，我们也依然被爱包裹着，从生活到工作，无时无刻不感受到大家的关爱。对了，前几日是我的生日，没有往年生日时的家人好友相伴，没有一桌子我喜欢的美味佳肴，那个生日令人终生难忘。在这样一个特殊的陌生环境中，各位领导与战友齐声为我唱生日歌，还收到了我的大后方——急诊科兄弟姊妹们发来的生日祝福视频和护理部领导为我制作的生日卡片，我热泪盈眶。我们 132 个战友，来自 5 个不同的医疗群体，见面时，大家戴着口罩，穿着防护服，互相都不识庐山真面目，甚至还没有熟悉彼此的名字。但我们都是有着共同目标的战士，是一个团结的集体，一个有爱的大家庭，遇见疾患，不分你我，一拥而上，没有逃避，没有退缩。因为我们知道，我们有着坚强的后盾，有着家人的关心和支持。

时间不声不响，岁月不言不语。忙碌时，日子总是转瞬即逝。在这里的每一天都是充实的，为了提高自己的免疫力，我制订了每日计划表：每天喝 6 杯水，做平板支撑和健身操，屋内消毒；上班时做好安全防护，认真穿脱防护服。

从清洁区到污染区要经过 4 个区、5 道门，我第一次感到上班的路是如此漫长，每完成一步操作后都要洗手，长时间的胳膊转动，让我的肩周炎又犯了；第一次感到上班的我会如此笨拙，穿着“胖胖”的防护服难以迈开腿，已然不是那个平日走路脚下生风的自己……记得第一次进入污染区前，心里还默念着“淡定点，不能怂，你还是那个坚强的小萍”来给自己打气。现在的我已成为一名护理组长，带领战友们学习呼吸机、除颤仪的使用，梳理工作流程，做好病人的护理工作。污染区的病人是没有家属陪床的，我们会根据环境随时切换角色：病人需要治疗时，我们是护士，为他们输液做治疗；需要温暖时，我们是他们的亲人，给他们强有力的握手和拥抱，告诉他们，黎明前总要经历最黑的夜；需要生活帮助时，我们是配餐员、理发师，为卧床的病人打水喂饭、理发剃须……

爸爸妈妈，其实，我做的这些事情，每个驰援湖北的战士都在做。我不想出名，也不想当英雄，我也想家，想念你们，想吃妈妈包的韭菜肉馅的饺子，想念全家人一起围桌吃饭的温馨场面，想听听爸爸妈妈的唠叨……只是国家现在需要我，我必须上！因为我是党员，我是一名医务工作者，我也是中华儿女，有义务二话不说，背起行囊，做一个没有期限的逆行者。

如今春天即临，万物复苏，世间向暖，我坚信以后的武汉更加华枝春满。你们一定要好好宅在家里，勤洗手，常通风，注意保暖。爸爸妈妈永远是我坚强的后盾，我向你们承诺：一定做好防护，跟战友们一起平安凯旋！

严寒必将过去，阴霾必将清除，愿疫情早日结束。

爱你们的女儿姜萍

2020年2月21日

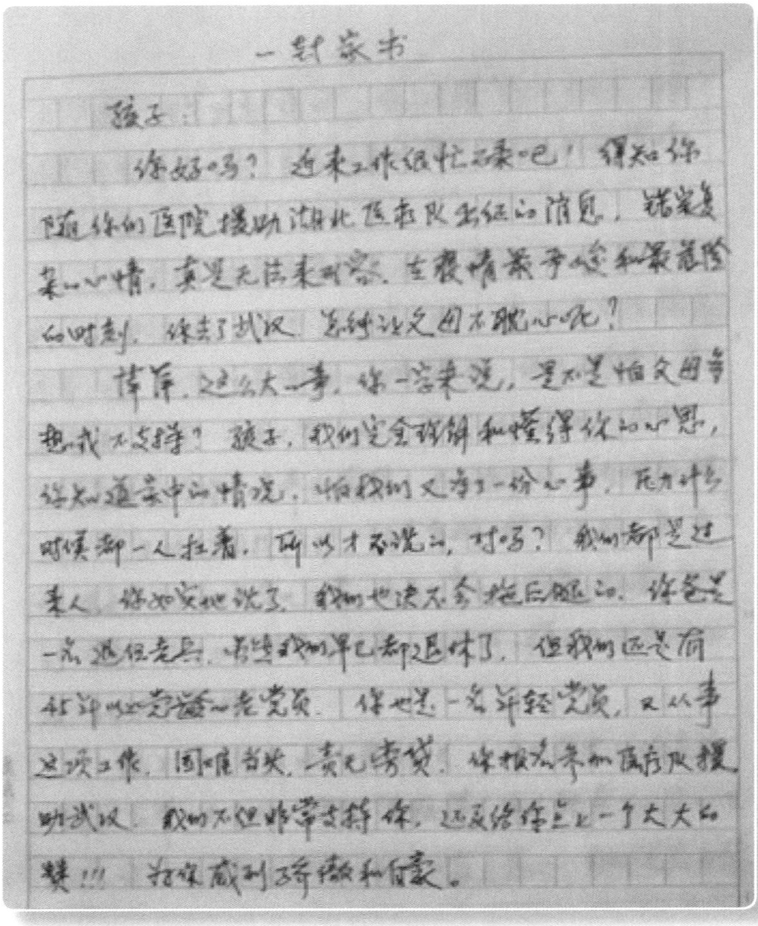
一封家书

孩子：

你好吗？近来工作很忙很累吧！得知你随你们医院援助湖北医疗队出征的消息，我家当时的心情，真是无法来形容。在疫情最严峻和最危险的时刻，你去了武汉，怎能让父母不揪心呢？

萍萍，这么大的事，你一字未说，是不是怕父母拖你后腿不支持？孩子，我们完全理解和懂得你的心思，你知道家中的情况，怕我们父母多一份心事，压力什么时候都一人扛着，所以才不说的，对吗？我们都是过来人，你如实地说了，我们也决不会拖后腿的。你爸是一名退伍老兵，虽然我们早已都退休了，但我们还是有51年以上党龄的老党员。你也是一名年轻党员，又从事这项工作，困难当前，责无旁贷。你报名参加医疗队援助武汉，我们不但非常支持你，还要给你点上一个大大的赞!!! 为你感到骄傲和自豪。

姜萍父母家书手稿

在华南海鲜市场隔壁经营一家眼科医疗机构的视光医生陈庆丰，腊月底按惯例回老家温州过年，却在收到前线医疗物资缺乏的消息时，大年初一星夜逆行回汉，为医护人员的清晰视界保驾护航。他在美国求学的大儿子担心与医护人员频繁接触的父亲，对父亲不顾一切地留在武汉甚至有些埋怨。陈庆丰以这封写给儿子的信，展现一位父亲无限的坚忍与温柔，和一个中国人应有的责任与勇气。

爱你们，是永恒的事情

——“温州眼镜哥”写给儿子

陈庆丰

作者简介：

陈庆丰，湖北视佳医眼科视光集团总经理，高级眼科视光师，国家注册心理咨询师，湖北省预防医学会儿少卫生专委会委员。

儿子：

一想到你，泪水便模糊了我的双眼。你是爸爸这一辈子最珍贵的礼物。谢谢你，给了我认可和支持。你的每一句关心对爸爸来说都是一种能量！我很感动，也很感谢！

你放心，我会把预防工作做好，一丝不苟，万无一失。你的提醒，我一定放在心上，我决定从今天开始，只要出门我就戴上游泳镜和一次性医用乳胶手套。你放心，我会在安全的前提下帮助这些爱心人士，完成爱的接力！

亲爱的儿子，你放心，我会继续爱你们——妈妈、乐乐和你，这是我一生的事！你放心，你一定会看见我 80 岁的样子、90 岁的样子、100 岁的样子……最后看着你也快老了，我才会放心地走，在另外一个世界继续帮你探路！

其实，爸爸没有你想象的那么伟大。现在的你，真的越来越棒。爸爸很欣赏你。我们之间起码是平起平坐了。

另外一个问题想跟你说明一下：

如此大规模的抗疫救灾工作，只有强大的政府才能够完成。个人力量只是九牛一毛。

但是政府现在要做的事情太多太多，而医生们需要的帮助又太急太急！这种非常时期，个人的力量是可以发挥应急作用的。说不定就可以救人，而且不止一个！

所以，重返武汉后，我觉得留下来更有用，于是就不走了。

在路上，很多有爱心的朋友出于对爸爸的信任，委托我采购防疫急需物资，帮他们捐赠给医院。我觉得无比荣幸，也极其有意义！所以干得很有劲！现在，更是有越来越多的同事也参与进来了，爸爸也得到了他们很大的支持。但对他们来说，也存在着时刻被感染的风险，所以我一直既内疚，又感恩。亲爱的儿子，爸爸知道，如果是你置身其中，你也会作出跟爸爸一样的选择！

谢谢你的理解！

谢谢你的支持！

爱你的爸爸

2020 年 1 月 29 日

辽宁省沈阳市的基层社区工作者隋金钊，在疫情暴发后放弃休假，几十天来走千家、入万户，上门排查防控，联系归国人员，安慰居家隔离的居民，为辖区居民编织阻断疫情的防护网。因为长期不着家，孩子有些“怨气”，承受疫情压力的他利用难得的休息时间，写下此信，以寄思念之情。

隔着空气拥抱你

——沈阳社区工作者写给儿子

隋金钊

作者简介：

隋金钊，辽宁省沈阳市基层社区工作者，儿童文学作家，出版《动物特种兵》系列小说、《海洋动物探秘故事丛书》系列绘本、《十万个为什么不》等多部作品。

亲爱的乖儿子：

你好！

爸爸现在正隔着空气拥抱你，你在家中能感觉到吗？

上午爸爸在封闭点位值守时，看到一个和你年龄差不多大的孩子从岗亭前走过，不由得想到了你纯真的笑脸。

趁着午休，爸爸拨通你妈妈的电话，本想和你这个小调皮聊会儿天，却听到你在电话那边大喊着："不接，不接，让爸爸去爱他的工作吧！"

儿子啊！如果没有这次疫情，你是绝不会这样埋怨爸爸的吧？

50天前的大年初二，你正蹲在地上兴致勃勃准备玩玩具，新冠病毒却已从武汉蔓延到了千里之外的古都沈阳。爸爸想到了社区的几百户居民，他们中有谁的孩子是刚从武汉旅游回来的？又有谁家的孩子在武汉上学放假回家了？作为基层社区工作者，爸爸如何才能为他们编织一张阻断疫情的防护网？当爸爸决定提前结束假期回单位排查疫情时，你失望地将玩具扔了一地，跺着脚大哭："爸爸骗人，不是说好一起玩游戏的吗？"

对不起啊，亲爱的儿子。在这应该待在家里隔离病毒的时候，爸爸不得不狠心抛下你们母子，冲到防疫第一线。

从回单位那天起，爸爸每天都要敲开上百户人家的房门，登记武汉返沈人员，排查疑似患者，统计密切接触人员……手指关节因为敲门肿起好高，嗓子也因为说话干得冒烟。

在这段争分夺秒的日子里，爸爸记不起有多少次在午休时想起你无邪的笑颜，有多少回用饼干充作午餐时想到你流口水的模样，又有多少天拖着疲倦的身体赶回家时，渴望看到你站在家门前迎接我的身影……

还记得第一次入户排查当日我回家后，你像往常一样欢笑着扑向我，却被我厉声呵斥，不让你靠近。你那哀怨与困惑的小眼神，令我至今都自责不已。

孩子，不是爸爸不爱你。爸爸为了排查，入千家，进万户，每次回家，就必须把自己先清理干净，将病毒带回家的风险降到最低。可等我洗漱完毕，你早已困得睁不开眼睛，尚未听我讲睡前故事便沉沉睡去。看着你酣睡的面容，我有心亲一下你却不敢凑上前。

孩子，虽然爸爸每天和你相处的时间缩短了许多，不再像往常一样，下班之后第一时间抱起你举高高转圈圈，但爸爸是爱你的。爸爸将和你厮守在一起的时间抽出来，投入到争分夺秒的工作中，是希望你和无数小朋友有一个没有危险的明天。

你还不知道吧？ 50 天来，爸爸表现得相当出色呢。通过爸爸的工作，住在社区附近的叔叔阿姨有了一张更完善的防护网。再告诉你一个好消息，辽宁省已经连续 28 天新增确诊病例为零了。这些好消息，都是无数人用汗水和泪水换来的，殊为不易，但再苦再累都是值得的。

此刻已是 3 月 15 日的凌晨，又一个黎明如约而至，为了更多像你一样幼小的孩童有美好的明天，爸爸又要离开你去拼搏了。别心急，等疫情结束后，爸爸一定要好好抱抱你，陪你玩那些稀奇古怪的玩具，让你在爸爸的臂弯练体操，给你讲好多好多的睡前故事……

无比想念你的爸爸

2020 年 3 月 15 日

隋金钊（左一）在封闭点位值守

2020年除夕夜，中国人民解放军总医院的军事记者陈爱平，接到重返工作岗位的通知后火速投入一线工作，先后多次进入病区采访。但平日里与妻子聚少离多的他，此行对妻女更觉歉疚，提笔给同在一线抗击疫情的妻子写下了这封家书，他告白：“军功章应该全部属于你。”

军功章属于你
——记者写给妻子

陈爱平

作者简介：

陈爱平，中国人民解放军总医院第五医学中心军事记者。

吾妻：

接到单位终止休假的通知，我决定在大年初三连夜返回工作岗位。因为我所在的医院是全国最大、全军唯一的传染病医院，作为这样一家医院的新闻工作者，在抗击新冠肺炎这场没有硝烟的战役面前，我必须像医护人员一样成为一名勇敢的战士。

临行前，望着你不舍的眼神和孩子满眼的泪花，我没有过多的语言，内心万般不舍的我，不敢多说一句话，生怕哪一句无心的话语成为毁掉你们泪坝的炸药。我还是要走了，那顿晚餐你为我包了羊肉饺子，女儿为我收拾行囊，翻腾出她的零食让我带着。而我，只能有些手足无措地从厨房转到客厅，再转到卧室，看着你们各自忙碌。

我俩都来自冀南滏阳河畔的农村，结婚 24 年来，我们总是聚少离多，这期间你吃了多少苦，受了多少累，我都看在眼中，疼在心上。你常常怀念刚结婚的那几年，那时我还在豫西工作，虽然我们住在只有一室一厅的小房里，但每天下班后我都能陪在你身边，为你做可口的饭菜。我知道你最喜欢吃家乡的拽面条，所以每天我都会在你面前把面拽得龙飞凤舞，让你看得高兴，吃得开心。后来我们的女儿降生了，工资不高的我们日子开始紧张起来，但是由于享受着天伦之乐，还是觉得十分幸福。

2006 年，我离开工作生活了 10 多年的熟悉的城市，来到首都北京的一家国家级媒体做军事记者，自此我们一家过上了两地分居的生活。我知道你一人带着孩子，日子有多苦多难，但你在电话里从没提起过。你的坚强，让我愈发愧疚，也激发了我努力工作的热情。那个时候，我上高原、下海岛、走边防，风餐露宿、披星戴月，演习场上与官兵同吃同住，救援现场有我的身影，边境会晤有我的见证，那时，我觉得只有奋发工作，才能对得起你的支持。常有人对我说，军功章上有我的一半也有你的一半。其实，我觉得军功章应该全部属于你，如果没有你的全力支持，哪有我的军功章？

我知道，你也非常热爱你的工作，每天兢兢业业，任劳任怨。每次我回家探亲，或中午或晚上，总有人来咱家，要么送几个包子，要么送两块红薯。刚开始我还很不理解，直到有一次我追着送包子的阿姨要把包子退回去，她跟我翻了脸，说这包子是给她闺女吃的，不是给我吃的。那时，我才知道她们早已把你当成了自己的女儿。由于工作做得好，你的事迹被省市的报纸和电视报道，获得了许多荣誉。我知道这些荣誉背后都有着你奋斗的汗水，我想说，老婆，你真了不起。

作为军医院新闻战线上的一员，初三晚上我成为逆行者，那是我的责任和本分。临行前的那一刻，我心里有万般的不舍，却还是没说什么。我生怕说多了、说重了，成为你心里的重担。

现在，这场战役在战略上已经取得了决定性胜利，相信再过一段时间，经过全体医护人员和像你一样的基层工作人员的严密防范，疫魔一定会被打败。到那时，我会平安归来，在洛阳古城这个团圆幸福的小家庭中，我依然是你的夫，你依然是我的妻。

你的丈夫陈爱平

2020 年 2 月 20 日

陈爱平（左一）与中科院院士王福生（右三）团队在感染病房指导救治工作后合影

华中科技大学同济医学院附属协和医院的消化内科医生涂蕾，在疫情暴发后迅速安置好家中的老人和4岁的女儿，主动请缨在发热隔离病房火线战斗，顶着风雪转运病人。望着涂蕾义无反顾前行的背影，不舍、担忧、支持、嘱托，母亲吴小兰百感交集，写下此信，在后方与女儿共同作战。

望着你前行的背影

——母亲写给在医院工作的女儿

吴小兰

作者简介：

吴小兰，企业退休职工，爱好摄影、旅游、阅读。

亲爱的女儿：

2020年的钟声响起，厚重的声响在我的心中回荡，荡不去心中的无限担忧与思念。

“没事，我防护得好着呢！一点都不累！”已经不记得多少次，你在视频通话时这样安慰我们。微笑如花般在你脸上绽放，可我看着你略显疲惫的脸庞，心里不由得感到五味杂陈，心疼，心酸。

每当网页上关于病例的数字滚动，我的心都不由得咯噔一下，恨不得赶到你的耳旁提醒你注意防护；但凡有半点有关疫情进展的新闻，我都希望钻到电视机里替你仔细听听，生怕错过什么信息；走在空荡荡的家里，环顾四周总觉得少点什么，原来是少了已经奔赴战场的你！

你总说，疫情就是命令，防控就是责任。可能是我太自私了吧，平时我总教导你要无私奉献，没想到真到了危急关头，我却成了退缩的那一个。这一次，我恨不得把你死死抱在我怀里，但看到你坚定的眼神，我只好放开双手，默默地点头。

等待你归来的日子里，本来我还存着点小小的私念，想着你应该不久后就能回来，但在疫情越来越严重的情况下，你又主动请缨继续在医院里坚守，望着你义无反顾前行的背影，我不舍，但又无比欣慰。

你是无数白衣天使当中平凡的一员，但在我眼里，你们都是不凡的英雄。在医院里，你只管跟着前辈，学着他们的样子，从死神手里夺回一个又一个宝贵的生命。看见媒体传出的一张张照片，我真心觉得在每一件防护服里，都藏着一位勇敢的猛士！

易水边，荆轲高唱"风萧萧兮易水寒，壮士一去兮不复还"，明知山有虎，偏向虎山行，令人敬畏；苏武在单于的威逼利诱下仍威武不屈、不失气节，熬过漫长的岁月，令人敬仰；亚圣孟子说"天将降大任于是人也，必先苦其心志"，或许对于你来说，这是一次终生难忘的成长机会吧！

前不久立春了，作为一个普通的母亲，除了待在家里少出门，我没法再做什么。我只能像当年劝你穿秋裤那般，在电话这头嘱托你小心谨慎。愿随着春天脚步的到来，这场肆虐的疫情能早日结束，我期待着你们的凯旋！待到山花烂漫时，我们脱下口罩，尽情拥抱！

凭栏，但念昔人已乘黄鹤，物是人非；驻足，只觉墙隅似生芳草，春暖花开。

爱你的妈妈

2020 年 2 月 17 日

涂蕾医生在工作中

庚子年春节，作为一名准爸爸的张波军与妻子蜗居武汉。每日，他们情牵武汉，心系肚中宝宝的健康。准爸爸希望当疫情过去，春暖花开时，能够带着妻子去看看自然风光，带着宝宝聆听鸟语虫鸣，也希望庚子年的宝宝都能幸福安康，以笑颜面对疫情过去后的美丽世界。

记住为你的安然成长付出一切的人们

——父亲写给未出生的宝宝

张波军

作者简介：

张波军，湖北科学技术出版社编辑，主要策划医学、体育类图书。

宝贝：

今天，妈妈已经怀你 3 个月了！

你是不喜欢爸爸给你唱的歌，所以才在妈妈的肚子里闹腾吗？噢，妈妈知道，你更喜欢听大自然中鸟儿的啾啾声、虫儿的唧唧声，还有流水的涓涓声、雪花的簌簌声。可是，宝贝，对不起，妈妈无法带你去聆听莺歌燕语，也无法带你去听广场上的笑语欢声。为了更多人的健康，这个冬天，这座城市需要保持安静。让妈妈给你唱歌吧，给你唱“武汉加油”“风雨同心”。

宝贝，你也不喜欢听妈妈唱歌？是想听妈妈讲故事？噢，那让妈妈给你讲钟南山爷爷的故事吧！钟爷爷今年 84 岁，在这个不平凡的冬天，本该在家颐养天年的他，亲身奋战在抗疫一线。钟爷爷如同定海神针，指导我们抵抗病毒的侵袭。噢，宝贝，你很喜欢钟爷爷，所以在手舞足蹈吗？不过，你要轻点儿哟。妈妈还有很多故事讲给你听，要把他们的故事讲给你听：救死扶伤的白衣天使、窗外消毒的警察叔叔，还有那些穿着红色衣服的志愿者们……

今天下雪了，宝贝！蜗居在这座生病的城市，妈妈无法带你去看远方的海洋和绿地，只能坐在窗前，让你欣赏窗外的雪景。要乖哟，要记住妈妈给你讲的“不要出门”的意义。

对了，妈妈还给你想了好多个名字，你喜欢像江河湖海那样广阔的，还是喜欢像姹紫嫣红那样明艳的？妈妈最喜欢“战役”这个名字，它谐音“战疫”，会让你永远记得这个特殊的年景，记住那些为你的安然成长付出一切的人们。宝贝，你喜欢这个名字吗？

妈妈还给你选了好多衣裳呢，它们有的跟窗外的雪花一样洁白，像新闻中白衣天使们的心灵一样美丽；有的绣着红星，让整件褂子如同警察叔叔们坚守的隘口，保护人们抵挡病毒的入侵；还有这双小小的鞋子，一闪一闪的，像在城市里疾驰而过的救护车，那闪烁的灯光是那样让人安心。妈妈还准备给你织一顶帽子，在上面绣一朵梅花，它是江城的精神象征，会陪伴你前行！

宝贝，你饿了吗？家里有社区的叔叔阿姨送来的蔬菜、水果呢。你喜欢吃水灵灵的大白菜、红通通的番茄，还是鲜嫩欲滴的草莓？宝宝，你可要乖乖吸收这些蔬果的营养哟，它们运送到这里可不容易呢。它们有的是千里之外的叔叔阿姨们开车数十个小时，不眠不休地运送过来的；有的是果农们冒着狂风暴雨、鹅毛大雪，在地里一颗一颗地采集而来的。那些草莓送过来的时候还是湿的，跟叔叔阿姨们的衣服一样，水淋淋，湿透了。

宝贝，经历了这段时期，相信感恩、责任的种子已经在你心中发芽。当你以后学有所成，希望你能跟这个春天抗疫的叔叔阿姨们一样，去守护一方安宁。

宝贝，今夜大雪，没有星光，但是明日定会有晨辉，而且会比往日更加明亮。经历了这个春天，当你健康落地时，妈妈就带你去听鸟语虫鸣，去看碧海蓝天。

你的爸爸

2020 年 2 月 19 日

为了能顺利走上抗疫前线，第8批江苏援鄂医疗队队员、响水县人民医院22岁的男护士周鑫，瞒着相依为命的妈妈悄悄地出发了！其实妈妈胡风早已知道儿子的选择，一直忍痛配合儿子“演戏”。出征武汉的儿子不想妈妈担心，知道真相的妈妈不想儿子牵挂，两个美丽的“谎言”里，是满满的爱。为了让儿子安心工作，妈妈写下这封家书。

孩子，妈妈想给你双重的爱

——母亲写给支援武汉的护士儿子

胡　风

作者简介：

胡风，江苏省盐城市响水县驰援武汉医疗队队员周鑫的母亲。

亲爱的儿子：

2月20日下午3点多钟，接到盐城市委组织部的电话说你去支援武汉了，那一刹那，我哇地哭了出来，一直担心的事还是来了。19日，我还打电话问你："你们医院有支援武汉的吗？"你还说："没有！"哭了个把小时后，我平稳了情绪，赶紧给组织部回了个电话，既然儿子瞒着我，肯定是怕我担心怕我难过，那就别让儿子为我担心了，就继续瞒着吧！"让他安心工作，我没啥要求，就希望儿子平安回来。"

你这个让我又爱又心疼的孩子呀。回想这些年，我们母子俩相依为命的日子。

2010年10月11日，你父亲突然遭遇车祸，离我们而去，一下子，顶梁柱主心骨没了，没钱、没房，懦弱的妈妈也想一死了之。那一年你13岁，刚上初一，正是开始花钱的时候。我都不敢想今后的日子该咋过咋活。又舍不得你，怕你失去慈爱的父亲，再失去母亲，真的就成了没人爱的孩子了，怕你心中没有爱了，不会爱了！

还记得你怕我抑郁，教我玩QQ，QQ号的名字是"明天会更好"吗？还记得你在我的手机里下载了《风雨彩虹　铿锵玫瑰》这首歌吗？还记得我送你上学时，你用稚嫩的声音跟我说"妈妈，这以后，我们不能乱用钱了，因为爸爸没了"吗？多懂事的孩子啊！儿子，是你的鼓励与安慰，才让我有了活下去的勇气。那些日子，我就是一遍遍地听着这首歌挺过来的。儿子，妈妈谢谢你！

妈妈想给你双重的爱，父爱和母爱。那会儿，中学生大多数都穿品牌衣服，妈妈怕你吃穿不如人，怕你自卑，要给你买衣服，你说：“不用买，有校服呢！”住校期间，每天生活费就 20 元，一个星期 100 元，多给你，你也不要，还调皮地说：“你钱多呀！”一天三顿，这 20 块钱能吃啥呀？又是长身体的时候，只能勉强填饱肚子吧！你的懂事让妈妈心疼、心酸，又有点安慰，能吃苦不虚荣，回家还帮妈妈做事。

有你这样的孩子，我必须得坚强！必须得强大！我想为你做个榜样，能为你遮风挡雨，面对困难，行也行，不行也得行，必须行！

我们这一路坎坷走来，现在你上班了，我们经济上没那么难了。相信，日子会慢慢地好起来的。我们就是一棵小草，平平淡淡地过好我们的小日子呗！用得着冒着生命危险，去四处都是病毒的前线吗？你知道吗？儿子，你就是我的全部，我的命啊！

但是，你瞒着我去一线支援，说明你长大了，有责任，有担当了，国家有难，许多事总得有人去做啊！你们都是孩子，都是父母的全部，但是，你们也是有着满腔热血的爱国儿女！因为，我们是中国公民，我们爱我们的祖国——中国这个大家庭！

儿子，妈妈很欣慰，你是个心中有大爱的孩子。现在妈妈不生气了，你也不用为妈妈担心了！好好安心工作吧！好了，妈妈不说了，妈妈就希望你能平安，希望你们所有支援武汉的一线逆行者早日消灭病毒，平安回家！

祝好，勿念！

爱你的妈妈

2020 年 3 月 11 日含泪挥笔

2020年2月17日，房少平的妻子——湖北省京山市妇幼保健院儿科住院部护士长陈静，经过医院培训后立即投入抗疫前线。为了不把染病的风险带回家，妻子开始了晚上在车库休息，白天在医院救助的生活。一直在身后默默支持妻子的房少平写下此信，也写下作为丈夫的不舍与心疼。

舍不得你冲在我的前面

——写给在抗疫一线的妻子

房少平

作者简介：

房少平，戴蒙德电力机械（湖北）有限公司职工。

至爱吾妻：

提笔之前，仿佛有很多话要说，但又不知说什么才能表达我内心的感受。这一刻，也许你正奔走在充满消毒水味道的病房，也许你正争分夺秒地抢救感染病毒的病人。我知道你很累，也会害怕，但是你奔向了战场，作为一个普通人，我向你们这些白衣天使致敬！是成千上万个你们在保护着千千万万个我们！但作为你的丈夫，说真的，我舍不得你冲在我的前面！

2020年的春节，我们和其他家庭一样，没有大红灯笼，没有热闹聚会，也没有去看人山人海的灯展。关注着每天更新的新闻，思索着病毒的危险，想起在医院奋战的你，也有一些惶恐和无奈。

孩子还没放寒假，我们就计划好了他的寒假日程。腊八节才过，你就陆陆续续地把过年的物资买回来了：给长辈的新衣服，给孩子们的压岁钱红包，还有给自己买的一双新手套……一切都准备就绪，就等着欢欢喜喜地过一个热闹年。可是这场突如其来的灾难，彻底打乱了我们的生活。

疫情暴发后，从1月17日医院将你召回到今天2月17日，作为护士长的你只休息了两天！ 最开始的几天里，你们面对汹涌而来的恐慌的病人，没有周全的防护措施，没有打大仗的经历……我知道你心里压力很大，但你每天拖着疲惫的身体回家时，还是极力微笑着，试图掩饰内心的慌乱和担忧。我看在眼里，急在心里，想安慰你、开导你，却不知从何说起。

后来疫情越来越严重。大年初五的晚上，你很晚才回到家，一脸疲惫和憔悴，简单扒了几口饭就回房间了。我感觉不对，回到房间就看到你蹲在墙角崩溃地哭泣，为了不让老人和孩子听到，你强忍着没有哭出声……我抱着你，无言以对。次日晚上，你忧心忡忡地对我说，医院每天都有这么多的病人，和他们面对面接触，万一感染了可怎么办！你自己不怕，但是担心家里的亲人，担心把病毒传染给了家人。于是，你决定搬到医院值班室去住，和我们隔离开！

我没有同意，现在我们还能每天早晚见个面，说说话，倘若你住到医院值班室，一天到晚不回家，还不知什么时候能再见到人！我想了想，跟你商量，就把楼下车库收拾收拾，支一个简单的床，在自家楼下自我隔离。

从那天起，你每天下班后就孤独地住在车库，早晚餐我给你送下来，午饭就在医院随便吃点饼干或者不吃，因为没时间上厕所，上班也尽量不喝水。道路封闭后，每天早上 7 点你就打开车库的门，推出自行车去上班，而我会站在阳台远远地目送你，你抬起头，戴着口罩朝我做个胜利的手势，然后头也不回地离开我的视线。这一刻，我又心酸又心疼！难以想象，你平时看起来弱不禁风，在这个非常时期，却能经历这么多凶险，承担这么多压力！

好在疫情暴发后，我们国家举全国之力，迅速调集四面八方 4 万多名医护人员支援湖北，他们都是你的战友！现在，疫情已经初步控制，希望这场噩梦能早点过去！

"若待上林花似锦，出门俱是看花人。"亲爱的，请一定照顾好自己，等战胜了疫情，在阳光明媚的春天里，在百花盛开的花丛中，我和全国人民一起，等待着你和你的战友们凯旋！

爱你的丈夫

2020 年 2 月 17 日

房少平为妻子在车库搭的简陋小床

新冠肺炎疫情暴发后，湖北省襄阳市中心医院的急诊科副主任医师张黎明，奔赴一线全身心投入救治工作。他的女儿张缤心写此信时，已经20多天没有见到父亲，听说女儿要给自己写信，张黎明医生还未收到信，就忍不住写了一封“回信”。特殊时期，在同一座城市的父女用信件彼此守望。

同城家书

——一对父女的来信与回信

张缤心　张黎明

作者简介：

张缤心，湖北省襄阳市恒大名都小学六年级学生。

张黎明，湖北省襄阳市中心医院急诊科副主任医师。

亲爱的老爸：

从腊月二十八到现在，我们已经有整整25天没有见面了！

今年的春节与往年大不相同，一场席卷全国的疫情，让本该热热闹闹的节日变得异常冷清。除夕、正月初一、元宵节这些本该阖家团聚的日子，你都缺席了，就连与我们视频通话时，你都戴着厚厚的防护镜，说不了几句话，你那防护镜就会蒙上一层水雾，要不是因为熟悉的声音，我都不知道电话那头的人是不是你。日有所思，夜有所梦，我好几次在梦中看到你穿着厚厚的防护服在医院忙碌时的背影，像极了新闻中那些叔叔的样子，我有时真的分不清，那是梦中的你，还是电视中的叔叔。

你最近一切安好吗？没有我和妈妈在身边监督你，你有没有好好吃饭呀？我知道你和我一样怕热，一定穿不惯那不透气的防护服吧？老爸，你知道吗？有好几次，我洗脸的时候突然咯咯地傻笑起来，因为我想起了我俩在洗漱时讲的笑话，还有我俩“互黑”时的话语。我真的想你了！腊月二十七，你跟我说，为了让病人都能早点回家，你可能会有很长一段时间不能回家了，你说看看新闻就知道你每天都在忙什么。爸爸，每当我从电视上看到奋战在一线的医护人员时，我仿佛又看到你在接诊病人。这几天我没事就趴在窗台上默默地向外望，期盼你的身影突然出现在我眼前。我真的想你了！

说真的，一开始，我心中对你还有一点小小的埋怨，想着，在病毒肆虐的时候，在我和妈妈最需要你的时候，你为什么不守在我们身边，照顾我们、保护我们，那么长时间都不回家？你让我多看新闻，关心国家大事，我听你的话，每天都在关注新闻。当我看到84岁高龄的钟南山爷爷建议大家“没有特殊情况，不要去武汉”，而他自己却义无反顾地赶往疫情最严重的前线——武汉，当我看到全国各地的医护人员不远千里驰援湖北，看到来自各方的捐款、捐物不断输送到我们湖北，我终于明白了你毅然放弃小家而要保护大家的原因。我知道，您正在像爱着我一样爱病人！

电话里，你总是最担心家里的情况。你放心，我们都很好。我每天都在有计划地学习，我已经有了心仪的初中，你不是说有目标就有动力吗？你放心，不用你再催促我去学习了，为了考上理想的初中，我会努力的。

我现在每天都坚持运动，在这段特殊的日子，我深刻地体会到健康的重要性，每天都发动外公外婆跟我一起锻炼至少45分钟，你知道我一定会“着重”练腿，对吗？谁叫你总喊我是“小粗腿”呢？告诉你吧，我已经快练成“大长腿”了！

你不用担心小区的空气里会有病毒，因为社区的叔叔阿姨每天都会来消毒；一些生活必需品，他们也会定期配送到小区里，减少我们外出的次数；他们还会给每天上班的妈妈测体温，给妈妈的车消毒。虽然我从来没有见过他们，但在这寒冷寂寥的冬日，我能感受到他们每时每刻都在传递着温暖的、浓浓的爱，他们的认真、无私给了我们安全的保障。对了老爸，你也不用担心你的“白娘子”，我会替你好好保护她的。

老爸，这几天，每当我躺在床上的时候，我都在憧憬充满欢声笑语的校园：要是现在能在学校上学该多好呀！每天和闺蜜谈心说笑，和“讨厌鬼”们斗嘴打闹，听老师不厌其烦地唠叨说教，多开心呀！可是这一切都因为一个肉眼看不到的病毒而暂停了下来，不过，老爸，我知道有了那些和你一样临危受命，无怨无悔同疫情作战的叔叔、阿姨，我和我的小伙伴们一定能很快回到校园，学习科学知识，为建设更富强的祖国打好基础。

老爸，你和你身边的叔叔、阿姨都是我心中的勇士！有了你们的守护，有了无数最美逆行者无私的奉献，有了全国上下齐心协力战胜疫情的决心，我们一定能打赢这场没有硝烟的战争！“沉舟侧畔千帆过，病树前头万木春”！亲爱的老爸，你安心工作，我们全家都支持你！我们一起加油，共渡难关！

最爱你、最牵挂你的女儿张缤心

2020 年 2 月 15 日

宝贝女儿：

见信安！得知你要给我写一封信，我十分感动，心想你可能真的长大了。虽然你的信我还没有看到，虽然脱下防护服回到住处时已是深夜，仍忍不住想给好久未见的你也写下只言片语。

爸爸自新冠肺炎疫情发生以来，一直在医院急诊一线值班，至今已经有 20 多天了。因为疫情来得紧急，临危受命，甚至都没来得及与你好好道别，对你和家人甚是愧疚！

爸爸是一名医生，也是一名救死扶伤的白衣战士。很多人问爸爸去抗疫战场的一线是什么心情，爸爸也是普通人，也会忐忑自己被病毒感染，但是治病救人是爸爸的天职，是医生义不容辞的责任。如果说战士的职责是战场御敌、保家卫国，警察的职责是打击犯罪、护卫安宁，教师的职责是教书育人、鞠躬尽瘁，那么白衣战士的职责就是治病救人，保护好大家的身心健康，与疫情做不屈不挠的斗争。归根结底，各行各业都离不开"责任"二字，责任重于泰山！

由于医院工作繁忙而紧张，爸爸没有时间管你，颇感内疚；你妈妈是警察，也在一线站岗执勤，回家还要兼顾你的学业、操持家务，你要多帮帮妈妈，让她少操点心。另外，爸爸也希望你在家做好防护，不要出门，做好我们家中的健康宣传工作，这就是你的责任！每个人都尽好自己的义务，就是对社会作出了贡献，你也是。

抗疫期间，每天都有人发热、咳嗽，在医院里等待着医生的救助。前两天，爸爸接待了一位6岁的小病人，他因为发热、咳嗽被父母带到医院，这也是爸爸接诊的患者中年龄最小的一位。小男孩平时比较顽皮，但因为发热，人显得特别没有精神，发蔫，特别是他惊恐的眼神，显得楚楚可怜，让人印象深刻。看到他，我就想起了你。

爸爸很久没有见你了，以前爸爸经常出去学习、进修，也有见不到你的时候，但这是最特殊的一次。从家里到医院只有几公里的距离，但是我却还要再过一段时间才能回家。我想你的时候总是拿出你的照片看看，一看见你，我紧绷的情绪就能舒缓一些。你是一个聪明的孩子，但学业方面还存在一些缺陷，有偏科的现象。我想偏科问题的核心，还是因为在学习上有畏难的情绪。学习上的难点，就像横亘在医生面前的病毒一样，害怕是不能解决问题的，我们应该勇敢地去面对，相信以我们的恒心、勇敢、智慧，没有什么困难是不能克服的，我看好你哟！

夜已深，万家灯火之时，有人在哭，有人在笑，悲欢离合时刻在人世间上演，这真是一个难眠之夜啊。我又抑制不住地想你们了，希望你们一切安好！

祝宝贝身体健康、开心快乐！

最爱你的老爸

2020年2月14日

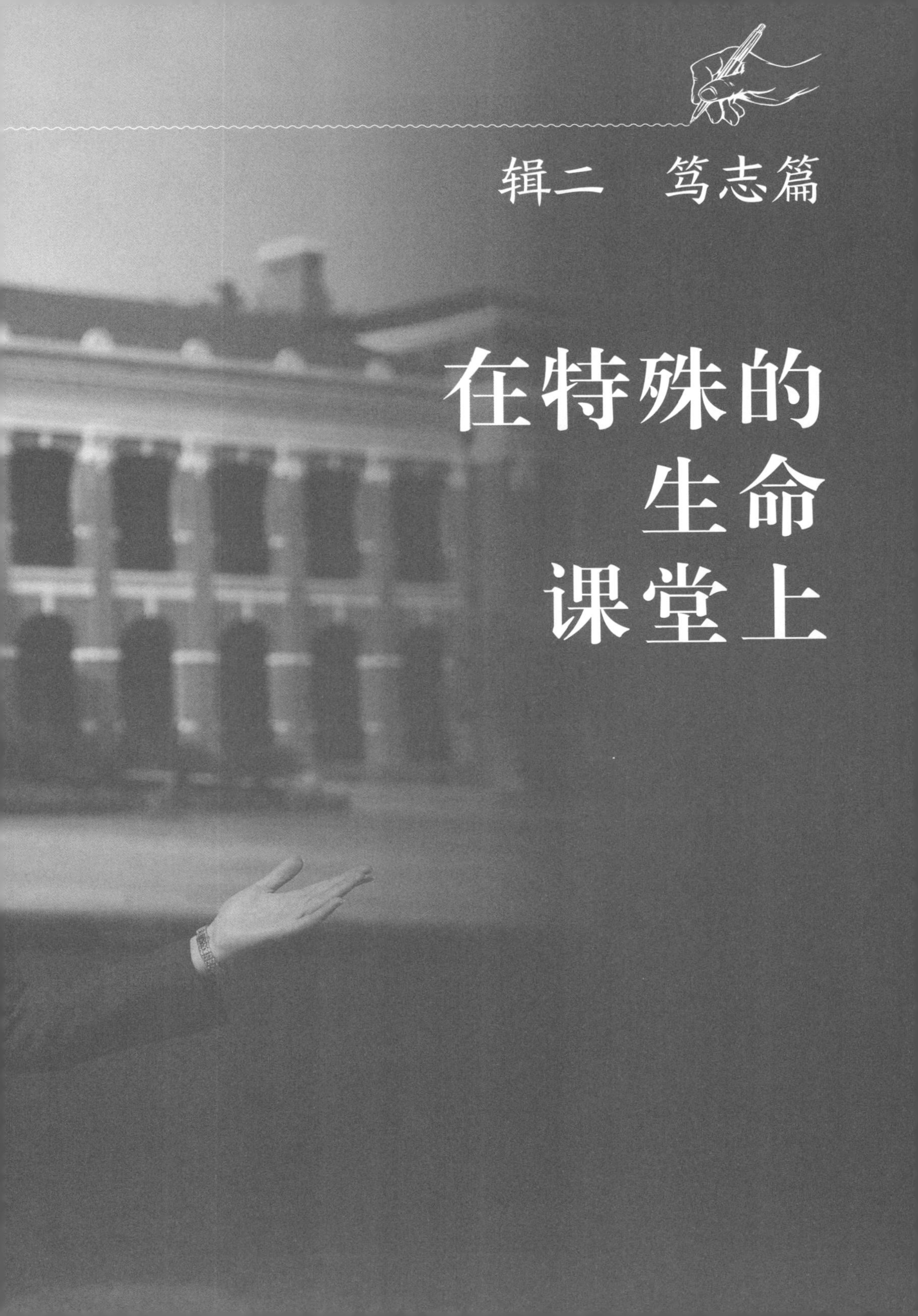

辑二　笃志篇

在特殊的生命课堂上

叶的形状

在特殊的生命课堂上

在这个鼠年，钟南山院士以年迈之躯，临危受命，义无反顾地第一时间冲向疫情最前沿……英雄之举，国士无双，全国的小朋友们纷纷追上这颗"最耀眼的星"，给院士写了许多封信。钟南山院士认真阅读了每封来信，并在百忙中写下了这封亲切的回信。

用知识缝制铠甲

——院士寄少年

钟南山

作者简介：

钟南山，中国工程院院士、著名呼吸病学专家，中国抗击非典型肺炎的领军人物，广州市呼吸疾病研究所所长、广州呼吸疾病国家重点实验室主任、中华医学会会长。

亲爱的孩子们：

在这个乍暖还寒的初春，我很高兴收到你们的来信。

在疫情防控仍然处于关键阶段的时候，我收到了你们来自广东广州、广东江门、佛山南海、东莞石龙、北京、山东淄博、山东济宁、安徽池州、江苏连云港、广西梧州等地的来信，有很多地方我还没有去过，谢谢你们把家乡的风景带到了我的眼前。

信中，我看到了你们认真的一笔一画、用心设计颜色鲜艳的图画、稚嫩的文字、真挚的语气、你们的勇气和理想，这些都深深地感动着我。生长在这个时代，你们是幸福的。你们善于表达、善于分享，中国有你们这些充满活力的新生代，我感到无比欣慰！

这个春节注定是不平凡的，你们有害怕、也有担忧，但是我更多地看到了你们的勇气和你们的理想。

新冠肺炎，这不是中国的疾病，而是人类的疾病。希望你们相信我们的国家，相信我们的白衣天使战队，无论是在一线抗疫，还是在家里学习，我们都是在与疾病进行战斗。

我相信你们会好好利用“停课不停学”的这段日子不断学习，用知识缝制铠甲，不远的将来，当你们走向社会的时候，在各行各业都将由你们披甲上阵。

你们是未来的接班人，希望你们好好学习，投身于祖国的建设，不惧艰辛、勇敢前行！

南山爷爷

2020 年 3 月 5 日

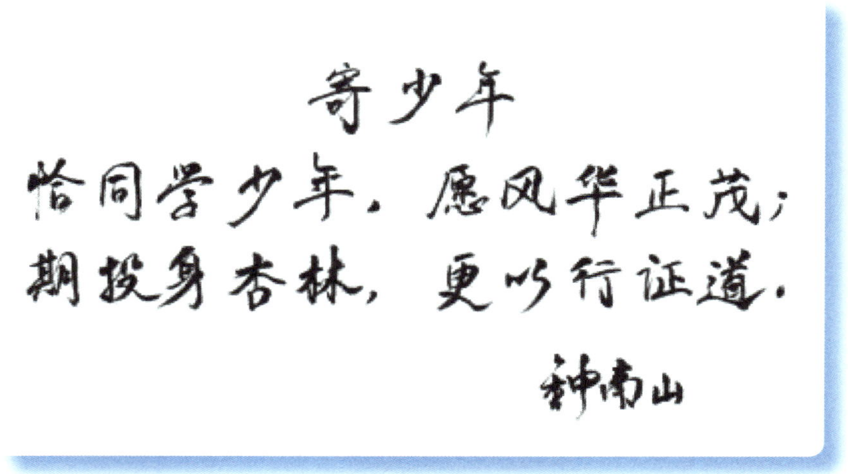

钟南山院士手写《寄少年》

作为新教育实验发起人，苏州大学新教育研究院教授朱永新倡导未来学校，提倡生命教育。疫情来袭，救命、保命、护命成为十几亿中国人共同关注的主题。但朱教授严肃地说，不，这次灾难给我们上了一堂早该补上的生命教育课。

补上一堂生命教育课

——写给大小朋友们

朱永新

作者简介：

朱永新，苏州大学教授、博士生导师，新教育实验发起人，中国教育学会学术顾问，十三届全国政协常务委员会委员兼副秘书长，民进中央副主席。

各位大小朋友们：

大家好！

毫无疑问，生命是大自然最为神奇的创造，每一个生命都是一个奇迹般的存在。然而，只有当漫天雾霾时，人们似乎才意识到空气的存在；就好比这场新冠肺炎疫情突然来临，很多人才意识到健康、自由、安全的可贵。

疫情就像一本教科书，让我们真正了解和认识生命。

从一个教育工作者的视角来看，这次疫情给全国人民上了一堂生命体验课，确切地说是正在补一堂生命教育课。说“补”，是因为这本是我们每个人都应该上过的必修课。

去年，我写了一本小书《未来学校：重新定义教育》，里面强调，未来学校的课程一定要以生命教育为基础。生命教育，简而言之，就是让教育回家，让每个生命成为最好的自己。根据每个生命肉体的诞生、交往的存在、意识的觉醒这三个生命事实，我把生命理解为具有三重维度——自然生命、社会生命和精神生命。

生命教育，首先要关注自然的生命。这是生命的长度。人的肉身是生命的物质基础。基础是“1”，其他是“1”后面的“0”。如果我们的教育更多地关注学生的安全与健康，从最基本的教育学生勤洗手，懂得何时需要戴口罩，懂得禁食野生动物，懂得敬畏自然、敬畏生命，学会紧急避险与自我保护，养成科学膳食、锻炼身体、合理作息的良好习惯，等等，把这些基本的“1”写好了，生命的物质基础也就打牢了。这些，不能等灾难来了才想起，需要在平时就成为我们的行为习惯，成为我们的生活方式，这当然也应该成为我们教育工作中的重要内容。

生命教育，其次是要关注社会的生命。这是生命的宽度。我们每个人都生活在社会之中，都要与别人打交道，而如何换位思考，如何理解、宽容、尊重别人，如何成为受人欢迎、受人尊重的人，这些都是需要学习的。疫情期间，我们看到了许多一方有难、八方支援，一家有难、众人相助的温暖故事，看到了许多医生护士的无私的仁爱之心。这些都应该是我们讲述的榜样，教育的内容——帮助学生懂得感恩、仁爱，学会尊重。

生命教育，还要关注精神的生命。这是生命的高度。人是符号性动物，有自己的价值观和信仰，有必不可少的精神生活。平时，通过阅读与经典对话、与大师对话，阅读的高度就会造就我们精神的高度；疫情中，有的人为了公共利益挺身而出，仗义执言、敢于担当，就是精神高度的体现。还有那些在抗疫战斗中不幸失去生命的白衣天使和逆行者，更活出了生命的宽度和高度，也活出了他们的人生价值和生命意义，是我们民族的脊梁！

生命因自主而积极发展。每个人都是自己生命的主人，是自己生命的创造者和塑造者。我们每个人只有集自然生命之长、社会生命之宽、精神生命之高，才能是我们认为的完整的人；我们应该以自然生命之长、社会生命之宽为底座，只有底座越来越牢固庞大，精神生命之高才可能越来越坚不可摧，直至高耸云霄。每个生命的理想归宿是成长为最好的自己。做自己，做好自己，做最好的自己！愿以此三句话，与所有朋友共勉！

你们的大朋友朱永新

2020年3月11日

疫情期间的小朋友们各有各的思考，以文字或图画形式，给他们熟悉的朱赢椿老师写下信件，述说在这次疫情中对家人和朋友的想念、开始发芽的思考，以及属于孩子的疑问：这个世界好像有点不太对，可又有什么办法呢？

朱赢椿老师写下这封回信，愿和孩子们在长夜里一起撒下希望的种子，去迎接未来很多很多的春天……

很多很多个春天

——给用画笔打病毒的孩子们

朱赢椿

作者简介：

朱赢椿，书籍设计师，南京师范大学书文化研究中心主任，江苏省版协书籍装帧艺术委员会主任，全国新闻出版行业领军人才，设计的图书曾获“中国最美的书”“世界最美的书”等奖项。

亲爱的小朋友们：

你们好！

来信收到，仔细看了你们每个人的信，像这样有画有照片有文字的信我还是第一次收到呢！看着你们的照片读信，感觉我们在面对面说话，我太喜欢这样的写信方式，看了一遍又一遍。

疫情期间，你们都在家憋坏了吧！我也是，一开始总想去商店逛逛，公园里看看，可是商店和公园都关门了。我只好关起门在家创作，不管是写文章或者画画，我总是不知不觉地停下来，不断看手机或者电视里关于武汉疫情的各种消息，反正就是心不够安静。不过现在总算好一点了，也慢慢习惯了，我已经开始创作《虫子旁》的续集。

你们中间有 7 位小朋友的家都在武汉，你们在家隔离，肯定比我们南京要求更严格，你们可能至今都没出过家门吧，真要变成小困兽了。不过，你们还算幸运，我看到有消息说，有一些小朋友不幸被新冠病毒盯上了，还住到方舱医院里，甚至有的小朋友的亲人离去了，他们该多难过呀！所以啊，等开学了，你们要多安慰这些不幸的小朋友。你们要珍惜自己现在的平安，一定要注意保护好自己，没有得到允许，千万不要跑出去玩，病毒还没有完全被打跑。

有小朋友问我待在家里怎样才能发现更多好玩的事。我觉得每一件事情都有值得观察的地方，这两天我就在观察一棵洋葱的成长过程，以前都是买回来就切切炒成菜吃了。这一次我把洋葱放在小花盆里，放在窗台上晒太阳，每天观察洋葱的变化，先是发芽，然后长出绿色的叶子来，觉得好有趣。我还拍了洋葱的照片，在照片上画了很多小虫子。听说大蒜杀菌，我还把大蒜根上的须须和核桃壳组成了小人儿，去捉新冠病毒。我还把厨房里的大蒜改造成火炮，创作了一幅大蒜火炮扫射病毒的图画，只要仔细观察，是不是待在家里也会有很多好玩的事啊？

这个春节太沉闷了，沉闷到快让人发疯。这个寒假的隔离时间太长，长得让人要翻窗。可是我们也在经历着人类历史上的重大事件。我们可以在这漫长的假期，在封闭的家里，像作家们一样记录我们自己的感受，也可以像画家一样拿起画笔，把自己的亲身经历画下来。等我们长大了，或许就留存了一份属于自己的宝贵资料。

这次疫情，我们不能白白地被隔离在家这么久啊！我们也应该好好反思，这个地球上除了我们人类，还有很多很多动物和植物，还有各种微生

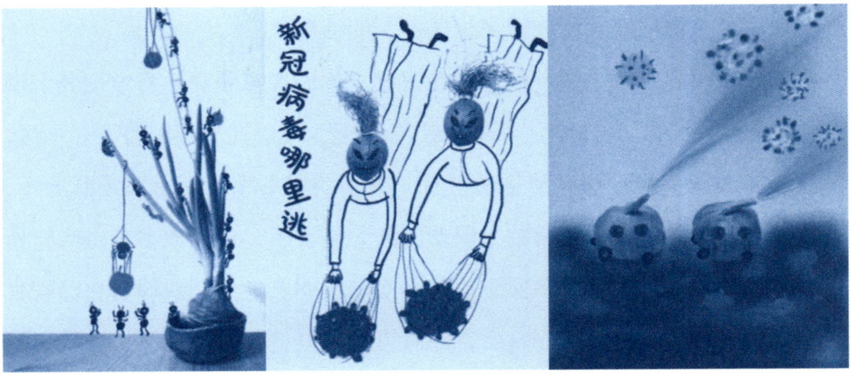

物。有的看得见，有的看不见，有的看起来美丽温柔可爱，有的看起来丑陋怪异凶猛。但是这些动物、植物和微生物也是地球上的一员。它们在地球上生存的时间甚至比人类还久，每个物种都有生存的权利和生存的意义。它们和人类一起组成了生态链，保护它们，就是在保护人类自己。

天气一天比一天暖和了，透过窗户，就能感受到窗外的花红柳绿，百鸟欢唱。虽然我们不能走出家门去直接观察春天的样子，但我们一样可以在家里用心去感受春天的气息和美好。更宝贵的是，我们从这次的经历中能够明白一些新的道理，能够因为这些体会获得成长。也许，我们将来再也不会有同样的经历了，以后再回想起这段特别的日子可能会很感慨。

你们一天一天在长大，疫情也很快会结束，我也一定会再来武汉，到时候，我们一起携手走向自然，观察植物，写生昆虫。虽然有可能错过这个春天，但是我们还有葱郁的夏天，凉爽的秋天，雪花飞舞的冬天，而且未来还有很多很多个春天会迎接我们，还有很多很多有趣的事情等着我们去发现。

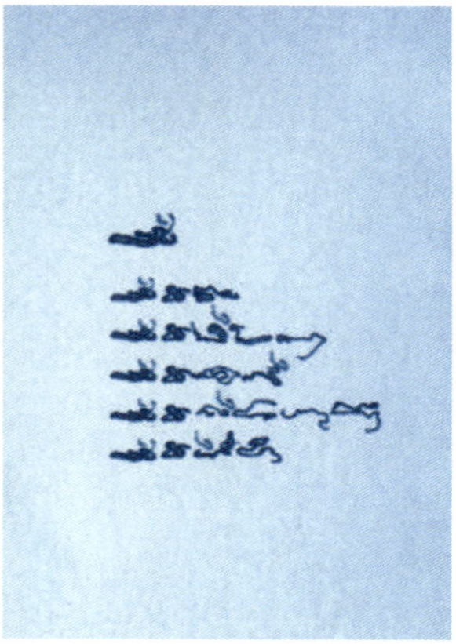

最后，给你们看一首我院子里的甲虫写的“诗”，它们用嘴在叶子上啃咬出的文字，也是我新书《虫子诗》里的内容，至今还没有人看过。小虫子到底要告诉我们什么呢？是小虫子们在警告人类要爱护自然，还是夸赞小朋友们在疫情当中的表现而写的诗呢？

等疫情过后，我来武汉，期待小朋友们给我答案！

朱赢椿

2020 年 3 月 6 日于南京随园

2020 年 2 月 29 日，封闭在武汉家中一隅之地的著名儿童文学作家徐鲁，心系全国的小朋友，将想对孩子们说的话、讲的故事都装进了这封信里，希望孩子们能用乐观、积极的心态，去点燃篝火，既温暖自己，也照亮他人。

不要哭泣，请点起篝火

——作家爷爷讲故事

徐　鲁

作者简介：

徐鲁，儿童文学作家、诗人、散文家。作品曾获全国优秀儿童文学奖、国家图书奖、冰心儿童图书奖等奖项。

亲爱的小朋友们：

你们好！

我是你们的大朋友徐鲁。此刻，我正在武汉。因为要抗击新型冠状病毒，只能封闭在家里，给小朋友们写书、讲故事。

在这里，我想告诉小朋友们，我在这场疫情防控阻击战中的几点真切体会。

首先，有一个强健的身体非常非常重要！如果你的身体拥有了强大的免疫力，那么，任何病毒都不会轻易地伤害到你，相反，它会在你强壮的身体面前逃之夭夭。所以，小朋友们从小就应该热爱体育锻炼，把自己的身体练得棒棒的！

其次，当灾难来临的时候，不要惧怕，不要恐慌，要拥有沉着、健康的心理素质，这时候，安安静静地阅读，或许能帮助你变得平静、理智、充实和坚定。

英国著名作家、长篇小说《月亮和六便士》的作者毛姆先生有一句名言："阅读是一座随身携带的避难所。"他认为，阅读，是一种能随时开始，也能随时搁下，并且能帮助你平复焦躁不安的心情的方式；一个人一旦培养了喜欢阅读的好习惯，也就好像是为自己筑造了"一座随身携带的避难所"，可以为你抵挡人世间几乎所有的悲哀。而且，这样的一座"避难所"，不论你是贫穷还是富有，是健康还是虚弱，你都可以拥有。你们看，毛姆先生的这段话，说得多么好！

最后，要永远热爱和懂得去保护绿色的大自然，包括去保护自然界的小动物。大自然是完整的、和谐的，我们每天的生活才会是健康的、美好的。请记住：不要去伤害任何小动物。现在，国家已经制定了法律，全面禁止食用野生动物。我们都应该自觉遵守国家法令，坚决不碰任何“野味”。还要学会劝阻、制止自己的家长和亲戚朋友去吃任何“野味”！要告诉他们：吃“野味”是违法的，后果很严重！

下面我要着重和小朋友们讲讲，当灾难到来的时候，—— 不，哪怕在没有灾难的平静的日子里，我们应该慢慢养成敢于面对灾难的心理素质。

在 2020 年这个漫长和沉重的春天里，我们看到，有一幕幕暖心的画面，一个个发生在眼前的鲜活的故事，在向我们诠释着，面对真实的、残酷的疫情灾难，作为普通人，你无法像舍生忘死的医护人员和医学专家那样，也无法像英勇无畏的军医战士那样，去做一个勇敢的“逆行者”，那么，该以怎样的心态和行动，去应对和“迎战”这样的灾难，才是正确的做法呢？

有一张令人感动的照片：一个安静的楼道里，一团昏暗的灯光下，一个小女孩戴着口罩，正在聚精会神地做着作业……沉浸在安静的书本里，她把外面的那些焦虑和悲伤，好像已经暂时“隔离”在了心灵之外……

这个小女孩名叫翠珠，今年 14 岁，是一名初中生。她家住在河南省洛宁县上戈镇刘坟村。她的爸爸，一位质朴的农民，披着夹袄、抄着双手，满怀疼爱地陪着女儿坐在寒夜的灯光下，静静地看着女儿做功课。而这个楼道，并不是他们的家，是村委会办公的院子。

原来，因为疫情持续蔓延，全国各地都在“停课不停学”。可是，小翠珠家没有网络，她又舍不得使用爸爸手机的那一点流量，怎么办呢？每一堂网课都是不能耽误的……后来，驻村干部得知后，就让父女俩连续几天晚上来到这里，"蹭网"上误和学习。

无情的疫灾，漫长的春夜，简陋的条件，还有疫情给人们带来的恐慌和忧虑……都无法阻挡住一个"寒门之女"对知识的渴求。昏暗的灯光，给努力向学的小女孩带来了光明和温暖，照耀着她心中的希望之花，也照亮了艰辛中的那份默默无语的亲情……

看到小翠珠的这一幕，我觉得，她的心态，她的做法，正是每个普通人在灾难面前首先应该做到的。她安静和坚定的目光，就像在寒意料峭的春夜里闪闪发光的"夜明珠"。

还有一个同样让人眼睛湿润的故事，发生在河南南阳淅川县的一个村子里。主人公也是一个农家少年，名叫小通，是今年将要参加高考的一名高中生。人们常说，"寒门出孝子"，寒门里也多有勤苦发奋的学子。小通的学习成绩，一直在班里名列前茅，是"学霸"级的少年。

可是疫情肆虐，这个寒假变得异常漫长。学校的网课已经开始了，小通家也没有安装网络。怎么办呢？少年得知邻居家有网络，不禁暗自高兴。

于是，他像古代的读书人一样"闻鸡起舞"，每天清早不等天亮，5点半就早早地爬起来，开始晨读。一到8点钟，就戴上口罩，提着个小凳子，准时坐在自家平房的楼顶上，迎着每天的晨光，"蹭"邻居家的网络。所幸的是，平房楼顶上的网络信号特别好。

如果说，前面讲到的小翠珠的故事，是发生在2020年春天里的新"凿壁借光"，那么，高中生小通的故事，就是2020年的新"囊萤映雪"了。"囊萤"帮了晋代那个勤奋好学的寒门少年车胤，"映雪"帮了"家贫少油"而同样勤奋好学的少年孙康。而"蹭网"又帮了今天的淅川少年小通。

李贺诗曰："少年心事当拿云，谁念幽寒坐呜呃。"是的，灾难暂时把他和自己的校园、老师、同窗"隔离"了，但是终究隔离和阻挡不住一个中国好少年的"拿云"之志。小通说，他的奋斗目标是考上浙江大学。让我们真诚地祝愿他心想事成、梦想成真！

亲爱的小朋友们，请你们记住：当意外的灾难突然降临，一定要去勇敢地面对。请你用头脑的冷静和坚定，去抚平自己狂跳的心，平稳你慌乱的脚步。要知道，任何恐慌、埋怨和眼泪，都不能驱除灾难。不要哭泣，请用你冷静、乐观和积极的心态，去点燃起哪怕一小堆篝火，用来温暖自己，同时也照亮他人。

好了。我的信就写到这里啦。

祝愿你们快乐阅读，健康、幸福地成长，平安长大！

你们的朋友徐鲁

2020 年 2 月 29 日于武汉

动物是人类共生共栖的朋友，粗暴对待动物的行径曾给人类社会带来过许多灾难。曾创作《狼王梦》《第七条猎狗》的“动物小说大王”沈石溪，痛恨残忍杀害、贩卖野生动物之人，写信予以忠告，以充满激情的文字礼赞大自然，呼吁对生命的关怀与敬畏。

动物是人类共生共栖的朋友
——写给野生动物商贩

沈石溪

作者简介：

沈石溪，著名儿童文学作家，被誉为“中国动物小说大王”。作品曾获全国优秀儿童文学奖、中国图书奖、冰心儿童图书奖等奖项。代表作有《再被狐狸骗一次》《狼王梦》等。

×××老兄：

早就知道你在经营“野味”生意。所谓经营“野味”，说穿了就是非法贩卖野生动物。多年前你曾经带着炫耀让我参观过你后院的库房，黑黢黢杂乱的小院子里，堆满各种铁笼、竹篓和器皿，关押着蝙蝠、山雉、野兔、猕猴、穿山甲、眼镜蛇等各种野生动物，散发着一股恶臭。这不是什么仓库，是可怕的牢笼，是血腥的屠宰场！

我知道你要养家糊口，你需要钱。挣钱没有错，但挣钱也要有底线，不能去挣犯法的钱，不能去挣泯灭天良的肮脏的钱。贩卖野生动物，就是在挣泯灭天良的肮脏的钱。你要知道，贩卖野生动物，触犯国家野生动物保护法，而且破坏大自然生态系统，危及人类的生存和发展。

这绝非是危言耸听。

人类与动物都是地球母亲的儿女。现在地球上很多动物的历史，都比人类悠久。鳄鱼是白垩纪孑遗的物种，鸟类是7000万年前某种小型恐龙演变而来的，就连老鼠，也在地球生存了200万年以上，而人类从智人开始算起，满打满算也就区区几十万年。与许多动物相比，人类只能算是后生晚辈。

幸运的是，人类后来居上，发展迅猛，一枝独秀，创造了无与伦比的灿烂文明。

人类文明的进步发展，离不开动物。譬如模仿青蛙游泳的姿势，学会了蛙泳；模仿动物的鳞甲，盖起了屋顶的瓦楞；模仿鱼类的形体造船，并模仿鱼鳍制造出船桨；螳螂启发人们发明了镰刀；萤火虫成了人工冷光的鼻祖；观察鱼在水中用尾巴的摇摆而游动、转弯，人类就在船尾上架置橹和舵，增加了船的动力，掌握了使船转弯的手段；模仿甲虫发明了坦克；从大龟背小龟的举动里得到灵感，发明了可以旋转炮塔的坦克；模仿蜻蜓发明了直升机；根据野猪鼻子测毒的奇特本领制成了世界上第一批防毒面具；根据蝴蝶色彩伪装的原理发明了迷彩服；模仿海豚发明了潜水艇，并利用海豚的"回声定位"发明了声呐系统；利用乌贼和章鱼喷射墨汁的原理制造出烟幕弹；利用蛙跳的原理设计了蛤蟆夯……当你细数人类文明史上的每一次进步时，你会发现，动物带给人类的改变，以及对人类文明的深远影响，远远超出你的想象。

水能载舟，也能覆舟。动物能为人类文明进程带来极大益处，但若处置失当，动物也会给人类社会带来很大麻烦。

历史上曾发生多次动物身上的病菌传染给人类，造成人口锐减、社会动荡、人类文明遭受重创的大悲剧。例如中世纪时期，鼠疫在欧洲蔓延，造成 2500 万人口死亡。据历史学家测算，整个 20 世纪，经历了两次世界大战，死于战争的人数是 1.4 亿，而死于各种流行病的人数是 1.5 亿。因传染病死亡的人数超过了在战争中死亡的人数。

从本质上讲，很多疾病流行，是人类粗暴对待野生动物造成的恶果。

有一位外国作家曾记录美洲渔民是如何猎杀海豹的："上千头海豹在金色沙滩上栖息，非法捕猎者很快走近了海豹群，他们像砍白菜一样，挨个挨个地对海豹进行了大屠杀。一个个捕猎者手持带钩的钢叉走向冰面上晒太阳的海豹。随着钢叉飞舞，一只只海豹倒在冰面上。有些小海豹临死依然死命地咬着已倒在血泊之中的海豹妈妈的乳头。另外一些神志清醒的海豹幼崽被钉在钓竿上，在浮冰上被拖走，受伤的海豹幼崽流血窒息而亡，尚有知觉的海豹幼崽被开膛破肚……很难想象，这对于海豹来说，是一种多么大的痛苦！很难想象，这是一种多么凶残的屠杀！”

字字血、句句泪，这是血泪控诉，控诉人类的暴行，控诉人类残暴杀害野生动物，肆意践踏和蹂躏生命！

金钱至上，物欲横流，无休止地挥舞屠刀，使人心变得坚硬和冷漠，习惯了将生命当儿戏，习惯了以剥夺生命取乐，习惯了榨干生命攫取利益，最终不可避免将这血色恐怖蔓延到人类社会来。

时至今日，我们要汲取血的教训，比任何时候都更加重视保护野生动物。可以这么断言，假如哪一天世界上所有的野生动物都被消灭殆尽，这一天也一定是人类的末日；为了人类自身的利益，我们必须把野生动物真正视为与我们人类共生共栖的朋友。在建设我们人类美好家园的同时，也要给那些岌岌可危的野生动物留一块可繁衍生息的土地，禁绝捕杀、走私、贩卖野生动物，学会与野生动物和睦相处，相互依存，共生共荣。

头顶三尺有神明，人在做，天在看。老兄，听我一句劝，放下屠刀，放弃贩卖野生动物的营生。现在我们国家百业兴盛，创业的路千条万条，条条都可以通向富裕幸福的成功彼岸。

我希望能早日听到你改邪归正的好消息。

顺致安好！

沈石溪

2020 年 3 月 4 日于上海梅陇书房

作为一位科普工作者，新冠病毒流行的消息传来后，刘建华不禁悲从中来；作为一位教师，想起多年前学生汉风款待的"山珍火锅"，他又十分担心他的学生。百感交集中，他写下此信，表达对学生的挂念，并送出了为人师者的谆谆教导。

善待万物就是善待我们自己

——科普作家写给学生

刘建华

作者简介：

刘建华，著名科普作家，湖北省作家协会会员，曾出版《理论家》《走走看看》《战士》《放飞梦想》等书。

汉风：

你好！近日因疫情扩散，久居斗室，不得外出，突然想起了你。多年不见，别来无恙？有意思的是，近些时日，我常想起过去在学校的日子。记得你当时是个体育爱好者，每天课外活动，总能见到你在球场上矫健的身影。我也记得，你作为学生干部，时常在食堂维持纪律。记得还有一次，你在足球场上因和同学迎面碰撞而受伤住院。如今，一晃几十年过去，你也早已成为国企老总。

此次病毒肆虐，武汉首当其冲。前几天还活蹦乱跳精神头十足的人，突然就因为感染病毒溘然而去。想想都不禁冷汗迸出，实在可怕。

我所在的小区，在大年初五那天也出现了发热咳嗽的疑似病例，一时间吓得左邻右舍全都惶惶然不知所措，都紧闭着门房，谁也不敢出门，还不停地喷洒 84 消毒液，生怕被感染。好在多位社区干部及时赶来，在他们的联系下，疑似患者被送进了方舱医院隔离，大家这才长舒了一口气。

城市封闭，时间一长，大家也都逐渐适应了。我也习惯了来回不停地从前房走到后房，借以活动一下腿脚，也习惯了坐在床上练瑜伽。你别笑，我如今已经能完成把胸脯紧贴到大腿的高难度动作，也学会了劈叉！人家是 5 岁练童子功，我却是头发都白了才开练舒筋功！成日窝在斗室里，我还学会了写以前毫无兴趣的微信美文，学会了用 EXCEL 软件做表格，还学会了炒菜，而且技术提高极快，能在2个小时内做好八菜一汤！以后开禁了，邀请你来我家，品尝一下我的手艺！

说起炒菜，我突然想起了那年我去柳州，咱们在一起聚餐的事来。

记得那天晚上，你请我吃山珍火锅。餐厅里，偌大的餐桌上摆满了各式切好的肉片。见我一脸疑惑，你对我说："这全是我特意为老师您准备的，听说您今天要到柳州，我早上就叫人去采购，市场上有的，我这里基本上都齐了！您看，这是果子狸，这是穿山甲，这是刺猬，这是锦花蛇，这是竹鼠，这是金禾雀，还有孔雀和天鹅。估计您不吃虫子，所以今天我没叫他们上。要是上了那些，那才叫您大开眼界！"

可是汉风，不知你注意到没有，尽管你在一个劲地夸赞山珍野味如何大补，那天晚上我却没有吃一口野味，只是不停地喝着酒。不是我嗜酒如命，而是因为桌上没有我敢吃的食材；也不是我有什么保护野生动物的前瞻，而是我不敢吃，我害怕。在2003年SARS肆虐之时，我就知道，为享口欲而肆意捕杀野生动物，对大自然具有何等巨大的毁灭性，对人类又有着何等巨大的危险性。但是包括你在内的一些人，就是不信！还是沉溺于野味的饕餮之中。多年来，我不相信来世再生的理论，但却认为世上就有因果报应之说。

汉风，我们不能再吃野味了。过去，人们生活困苦，捕杀野兽是为了糊口活命；那如今，又是为了什么？为了满足自己的口欲？为了显示自己的与众不同？如果真是如此，那这种对口欲的满足是建立在愚昧野蛮之上的，这种显示是卑劣无知的表现。

如今，不少人已经开始下决心远离野味，因为他们饱受野味带来的摧残。随手翻查史料就能发现，自元朝以来，仅在南距你们50公里的来宾，就曾先后发生过数十起疫情，例如：元朝大德九年（1305年），大瘟；明朝正德十三年（1518年），大疫；清康熙十九年（1680年），大疫；道光六年（1826年），大疫；光绪二十八年（1902年）六月，大疫，死数十人；光绪三十年（1904年）六月，鼠疫；宣统二年（1910年）五月，鼠疫，居民走避一空；1945年，霍乱流行；1946年夏，九十九县大疫蔓延……

汉风，我们生活的这个地球，说大，它很大，大得无边无涯；说小，它也很小，小得抬头不见低头见。大自然中，所有的动物都有着适合它们自己习性的生活，我们不要轻易打扰它们，不要以自己的一强之力去侵害、去肆意捕杀那些弱小的动物。我们是地球的主人，但我们更应有宽悯之心，去呵护、去关爱那些和我们一起生活在这个地球上的动物。只要它不是一无是处的害物，只要它没有对人类造成大范围的侵害，我们就应当全力去保护它们。

最后，让我们一起祈愿，待到山花烂漫时，我们的国家更美好，我们的世界更和谐。

你的老师

2020年2月20日

这是电视剧《平凡的世界》的导演毛卫宁写给孩子的一封信。猝不及防的疫情让导演毛卫宁无法兑现带孩子来剧组看拍戏的约定，于是，他用笔下的文字和故事陪伴孩子、教导孩子，约定会在将来的戏里给“小演员”留一个角色，一起等待重返武汉的日子。

生活的美好等你去展现

——导演写给孩子

毛卫宁

作者简介：

毛卫宁，中国电视剧导演工作委员会理事，著名影视导演。曾荣获中国电视飞天奖、大众电视金鹰奖、全国“五个一工程”奖等奖项。主要影视作品有《平凡的世界》《誓言无声》等。

小豆子：

你好！没想到答应你来剧组看拍戏的事情就这样爽约了，不仅是你出不来，连我们拍戏也停止了。

在这样一个非常情况下，全国性的隔离和停止一切工作都是必需的，这也是我们战胜新冠肺炎疫情所必要的。

我知道你很难过，但是生活和学习不应该停止，从某种意义上来说，这似乎是一个能专注精力学习某种自己喜欢的技艺的时候，所以你要利用好这段时间。

我记得认识你妈妈的时候，还是20世纪90年代在武汉拍电视剧《饭碗》的时候，当然那个时候还没有你。你妈妈才刚刚从艺校毕业，在戏里演一个角色。我记得她每天拍完戏都要坐末班车从汉口到武昌，早晨再回到剧组，我一直以为她是恋家，后来我才知道她是回家学琴。她说她喜欢音乐，哪怕没有完整的时间也要挤出时间来温习，她后来又考上了戏剧学院，这和她有音乐素养不无关系。

我知道你也许不像妈妈那样喜欢音乐，但多学一点技能总是好的，你喜欢的我拍的电视剧《平凡的世界》中孙少安的扮演者王雷叔叔也是一个好的例子，他除了在拍摄《平凡的世界》时，为了更好和更准确地演绎角色自学了陕西话外，还曾在一个戏里为角色自学了吉他，学到最后他竟然能自己谱曲了，他为我后来拍摄的电视剧《爱情的边疆》自弹自唱了一首主题歌，感动了无数观众，他还获得了北京卫视《跨界歌王》去年的总冠军。

我列举的这些例子都是为了告诉你，当你突然拥有了许多自己可以支配的时间时，不要让它空虚流过，除了安排好自己的学习外，还要多学一点技能和技艺。这是最好的时机，疫情被战胜以后的生活需要更美的展现，你们将成为展现者。

"图难于其易，为大于其细。天下难事必作于易，天下大事必作于细"，这段春秋老子的话你们应该在课堂上学过，所以你们要从现在认真的生活和学习中做起。

特别想念当初在武汉拍戏时，经常去的汉正街的喧嚣和老通城的美味，我知道这一切已经离我们很近了，重返武汉的时刻也很近了，你要带我去。

灾难之后，我一定会为你留好一个角色。不过你要先把生活中的角色演好，安静地生活，认真地学习，这是那些在前方浴血奋战的医务工作者为你们保卫的！

祝所有人好！

爱你的爸爸

2020 年 2 月 28 日

这是武汉作家周娴写给樊一贝同学的信。疫情期间，蜗居家中的周娴响应政府号召，给冲锋在一线的医护人员的子女上作文提升课。在电脑上，她认识了一张张稚嫩的面孔，也认识了了不起的樊一贝同学。她和一贝同学约定，疫情过去后，要面对面地上一堂生动的作文课。

我想与你来一个约定

——写给樊一贝同学

周　娴

作者简介：

周娴，湖北省武汉市新洲区作协主席。电影剧本《小城大爱》2015 年获曹禺优秀剧本提名奖，中篇小说《公鸡打鸣》2019 年被武汉市文联评选为优秀农村小说。

一贝同学：

因为疫情，我在电脑上认识了你们这群天真烂漫的孩子，也认识了小小的你。你喜欢抿嘴微笑，说话有礼有节。

在与你交流的时候，电脑边闪现出一个小小的身影。她要喝水，要上厕所，都得你来照顾。这个更小的身影是你 3 岁的妹妹。爸爸妈妈上班去了，现在只有你来照顾她。你今年 11 岁，是一名五年级的学生，本就处在跟爸妈撒娇的年龄，现在却要去照顾另一个向你撒娇的小家伙。看见你照顾妹妹的镜头，我不由得感慨万千，我问你：“有怨言么？”

你轻松说道：“爸爸妈妈要上班，我只有把妹妹照顾好了，他们才能安心工作。”

你像小大人一样回复，真的让人心疼。你很懂事，知道外面的世界正发生着什么，每天跟妹妹关在家里，哪里都不去，守护着单调与平安。

你妈妈是新洲人民医院的外科护士，她主动申请到抗疫前线，由外科转到内科。爸爸在环保局执法大队工作，疫情期间，他要负责 25 家医院的医疗污水处理。大年三十的晚上，爸爸妈妈同时接到单位的紧急电话后，一家人连夜从老家赶回武汉新洲。你不想离开，还想躺在爷爷怀里撒娇，听姑姑给你讲故事，吃婶婶摊的煎饼。上车后，你闷闷不乐，遗憾春节假期就这样结束了。

8个多小时的车程，妹妹在睡梦中念叨着煎饼。是啊！煎饼都做好了，一家人却来不及吃，连夜出发了。凌晨4点到家，爸爸妈妈来不及喘口气，就回到了各自的岗位上。

我问你照顾妹妹的时候哭了没，你昂着脑袋说没有，但我分明看到了你的委屈。你哭过的事情，是你妈妈偷偷告诉我的。

有一天，爸爸出门匆忙，吩咐你把家里的卫生做好后再写作业。可是妹妹任性，在你刚拖好的地面洒了不少水。你让妹妹别捣乱，妹妹不听，你跟爸爸打电话的时候哭了起来。你很委屈。

你是一个孩子，是一个需要被人照顾的孩子。你说现在学会了摊煎饼。第一次盐放多了，有点咸，妹妹不吃，你怕浪费自己吃了。现在你能把盐的分量把握得很好。你自豪地告诉我，现在不仅会做煎饼，还会煎鸡蛋，做鸡蛋炒饭。

磨难是孩子成长中的钙片，是不可缺少的精神食粮。如果不是亲眼见证，我不敢相信一个五年级的小女生是如此懂事与乖巧。这次疫情在我们每个人心里都会留下创伤，但更多的是坚强。

春天的色彩越来越浓烈，大自然在向我们招手，相信要不了多久，我们就能重返大自然的怀抱。灾难是一所学校，这次疫情会让所有的孩子都收获不同的感受。

今天，你骄傲地告诉我，说吃了自己亲手做的鸡蛋煎饼，味道非常好。我想与你来一场约定，灾难过去之后，我面对面教你写作文，你来教我摊煎饼，如何？

你的老师周娴

2020年3月5日

这是作家赵卷卷写给女儿的信。赵卷卷曾经收到过许多封女儿写给他的信，却从未给女儿回过信。这一次，作者认真地提起笔，第一次叫女儿“朵小姐”，第一次用写信的方式和女儿交谈，寄托殷切期望，希望女儿能在疫情中成长起来，保持向阳的姿态。

等到阳光肆意时，听你讲向阳的故事

——写给女儿

赵卷卷

作者简介：

赵卷卷，儿童文学作家。出版有长篇儿童小说《笨笨老师天才学生》《杨树潭的秘密》，散文集《太阳路上的行吟》《赵卷卷心灵美文》等。

朵小姐：

第一次这么叫你。

小时候，叫你宝贝，觉得这样的称呼才和你的可爱相匹配；大一点了，叫你朵朵，觉得你就是灿烂在我和妈妈世界里的一朵美丽的花，芬芳着我们的生活；生气的时候，会直接喊你赵亦朵，觉得这样才能够引起你的注意让你警醒；第一次叫你朵小姐，是觉得，这次一家人的暂时分别使你学会独立，快速地成长起来，成为我们眼中的小大人了。

我的书桌抽屉里，放着好几张你写给我的小纸条，还有画着各种插图的信纸，可是，我一次都没有给你回过信。记得你跟我提过一次，说什么时候要是可以收到我的信就好啦，不过转念又说，还是不要了，这样可能会高兴得晚上睡不着觉。

今天，我第一次用信件的方式和你交谈，希望不会影响你的睡眠。我想给你讲一个你妈妈的故事。

按照计划，我们一家人应该是相聚在山里老家过年。武汉封城了，我留在了武汉，你和妈妈、弟弟留在了外婆家。放寒假前，妈妈连续加班，加上带弟弟没有休息好，在外婆家住了几天后，开始发烧、咳嗽。在全民防疫的特殊时期，为了你和弟弟的身体安全着想，妈妈住进了医院。在等待检测结果的那几天，妈妈一个人窝在病房，除了医生，见不到熟悉的人，若不是住院前舅妈送了几件衣服，恐怕连换的衣服都没有。不仅如此，一天还要打10余瓶吊瓶水。烧很快退了，咳嗽却依然厉害，以至于几次将吃的饭都呕吐了出来。妈妈的心情跟窗外绵绵的雨一样，沉闷，低落。

妈妈问我："万一确诊了，你说那该怎么办？"

我发了一个微笑的表情，然后对她说："有医生呢，别担心！"

"如果确诊了，两个娃怎么办？"妈妈还是不依不饶，问着我无法回答的问题。

我安慰说："那你就不要瞎想，养好身体，身体好了，抵抗力就强了。万一确诊，新闻都说了，身体素质好的人，康复起来很快。"

不知道是我的话起了作用，还是妈妈惦记着你和弟弟，一个从来不锻炼的人，竟然在打吊瓶之外的空隙，在病房里踱起步来，每天都在一万步以上，还跟我视频，美其名曰"健身"。

幸运的是，检测结果是没有染上新冠肺炎。妈妈出院后主动到县里一家定点酒店隔离。视频连线时，我看到了妈妈脸上的笑意，就连看不到肉的盒饭，也充满着阳光的气息。

妈妈说："经历过了，才明白生活是这样美好。"

我连忙点头："对，你这是长大了。"

然后，我们都笑了。是的，这就是成长。

你曾问我，为什么每次考试后从来不问你的成绩，为什么听到你取得好成绩后总是那么平静。以前，我只是笑而不语。今天，我可以告诉你，那是因为，我关心的是你的成长，而不是成绩。

一个人可以不成功，可是，不能不成长。成长就像妈妈的微笑一样，微笑着面对生活中可能遇到的难题。直到现在，妈妈都没有给你提及这段煎熬的日子，你也无法去想象她经历着怎样的事情。其实，她有过害怕，有过恐惧，但是，在面对你的时候，却隐藏起这些，一直在微笑着和你视频，还鼓励你加油学习，她一直保持着一个乐观的形象。

人生的路上，“一帆风顺”和“万事如意”不过是我们口中美好的祝愿，当遇到风浪的时候，只要心中有阳光，勇敢地去面对，明媚的日子就会到来。有些成长，谁都不能代替，经历过了，你也会和妈妈一样，感受到“生活是这样美好”。

朵小姐，期待着，阳光肆意再度相聚的时候，你咧开嘴巴，笑嘻嘻地给我讲你向阳的故事。

老爸

2020 年 2 月 28 日

2020年春节，新冠病毒在湖湘小城也留下施暴的鞭影，为了躲避病毒魔爪，甘正气在乡下老家度过了工作以来最长的一个春节假期，也因此有更多时间与亲人相处。谈及未来，正上初三的侄女有些迷茫，返回长沙的甘正气写下此信，希望能带给侄女思考和启发。

不愁明月尽，自有夜珠来

——写给亲爱的侄女

甘正气

作者简介：

甘正气，中国民主促进会湖南省委员会参政议政处副处长，在《人民日报》《光明日报》《经济日报》等各类报刊发表文章400余篇。

甘心：

“开学时间不得早于 3 月 2 日”的通知你一定看到了吧，现在心情怎么样？记得叔叔我读高三的时候，某天夜里大家正在紧张地复习，突然，教室一黑，停电了，校园里顿时响起一片哦嚯的大叫之声！听得出，大家的欢乐大于惋惜。

你现在是不是一副无可奈何的样子：“不是我不想去上学，而是不允许啊！”其实心里却心安理得。

这些天你看新闻了吧？这种传染病，你怕不怕？你有什么想法吗？你下半年就要读高一了，是该考虑人生中扮演的角色了。我希望你能自得其乐、独善其身，在这个基础上，能为世界贡献点什么就更好了。

你从未亲历过这样的疫情，我相信几年后你应该还记得这些天你历经的种种。我就从疫情来谈谈你的人生规划吧。

我很想建议你将来做个医学家或生物学家，研制出能够治愈各种大病恶疾的灵丹妙药，或者发明各种疫苗，让人百毒不侵，或者发现长寿基因的移植之法，或者彻底弄清楚，病毒肆虐的根源在哪里。

如果你能成为一个数学家，也是很好的，你可以深入研究博弈论。智利发生 9.5 级的特大地震后，紧接着太平洋彼岸的日本发生了海啸。一个决策作出后，会产生什么样的连锁反应？这个问题似乎比地壳的碰撞、海浪的波动更为复杂。一个行为会产生怎样异常复杂的后果？众人的行为是可以预测的吗？如果有博弈论方面的成果，在疫情等重大灾难来临之际，人们就能更加科学地组织应对和防范了。

你有没有兴趣上大学时选择心理学专业？从这次疫情来看，外界的渲染是一方面，人们内心哪些微妙的想法会进一步导致恐惧呢？对死亡的畏怯、对未知的迷茫，可以加剧恐惧；而一般人心灵深处有没有希望自己经历重大历史事件的冲动，从而自己夸大事情的严重性，"自己吓自己"？这些可以通过设计实验来查证。恐惧是绝对有害的吗？哪种程度的恐惧对个体是有益的？如何迅速有效地消除恐慌？这也非常值得探究。

你对新闻学有没有兴趣？你将来在大学念新闻学也很好。记者这个职业颇有趣味和挑战性，能丰富你的人生。新闻学中也有很多问题值得进一步探索：新闻工作的伦理究竟有哪些？如何既保证新闻的质量，又不逾越职业伦理？一个健康的社会应该致力于采编什么样的新闻？报社如何在满足读者需要与促进社会发展之间生存？

叔叔啰唆了这么多，你肯定觉得这些深奥而难懂。你也许会问：有没有对你当下学习生活的建议？

有。

叔叔我上小学、中学时都有写日记的习惯，希望你能天天写日记，把疫情期间自己的所见所闻所想记下来，记下你的爸爸妈妈、爷爷奶奶这些天都在干些什么、说些什么，你的老师、同学每天又在做什么，周围有哪些变化，等等。未来回顾这段历史时，你的日记就是真实的历史记录。你知道《安妮日记》吧？那就是一个跟你差不多大的女孩子写的日记。

你的阅读量还不够，叔叔希望你看一些书，在你完成老师交代的学习任务之后，抽空读几本书。你可以读读《血疫：埃博拉的故事》，看看面对传染性、致死性都要强得多的埃博拉病毒，人们的心理与行为如何，这样能让你的内心强大起来。

今年春节远远没有往年热闹，邻里之间是鸡犬之声相闻而不相往来。你似乎也因为不能与同学恣意玩耍而闷闷不乐。但如果你善待这段时光，你将是充实的。“不愁明月尽，自有夜珠来”，你这么小，未来欢乐的日子多着呢。疫情过去后，你回趟老家，看看那里的池塘和边上的桃树、柳树，像不像一幅绚烂的水彩画？

叔叔今天就写这么多，你收到信后认真看看，不懂就问啊。

甘正气

2020 年 2 月 12 日于湘江之滨

因疫情无法回到校园的孩子们，他们的居家生活是怎样的呢？还能再上他们喜爱的体育课吗？体育老师王朝群自大年初二开始，就陆续承担起新建学校隔离室、上直播体育课、电话接访情绪不佳的师生等任务。她用信件鼓舞孩子们，战胜病魔，还要发扬奥林匹克运动精神，要更快、更高、更强！

战胜病魔：更快、更高、更强

——体育老师写给学生

王朝群

作者简介：

王朝群，陕西省西安市灞桥区东城第二小学体育老师，国家二级心理咨询师，儿童文学作家，作品发表于《儿童文学》《少年文艺》等杂志。

亲爱的孩子们：

你们好呀！分别一个假期了，好想念你们，好想念阳光明媚的操场，还有你们那可爱的身影、欢快的笑声和“要争第一”的加油声。

但是，因为病毒肆虐，这个寒假太不一样。没有了举家团圆的喜庆和走亲访友的节味儿，年就不知什么时候从居家隔离的窗户边隐去了。从年三十到现在，夜变得漫长，美食变得寡味，连熙熙攘攘的街道都变得宽阔而寂寥。

唉，往年的这个时候，王老师是要带着新年的喜气和对小顽皮们的想念，在操场上迎接你们的。记得那时一见面，你们总会撒着欢儿赛跑或者迫不及待地要我组织一场游戏。但是，现在这一切都不能如愿了。

作为体育老师，我很能理解此刻趴在窗户边，埋怨不能出门的那份焦急。是呀，把孩子的天性禁锢在四壁之内，是多么无情。但是，病魔来势汹汹，老师相信你们也一定知道了，在那个叫作武汉的美丽城市中，人们正在经受病毒的折磨和摧残。

病毒紧紧抓住人这一宿主，高昂起它戴着黑色皇冠的头颅在向人们示威、冷笑，不断有人被它攫住，被它感染。这时候，我们只有弘扬奥林匹克运动精神，要比它“更快、更高、更强”。

一方有难，八方驰援，国家用最短的时间、最快的速度来调配物资、建起医院，不断更新治疗方案。医护工作者，从才上岗的小护士到84岁的院士，以最快速度从祖国的四面八方集结武汉。

形势严峻，老师也跟你们一样忐忑难安，为一个个患者担心，又被那些穿着防护服、冒着被传染风险的白衣天使们感动。我们只是居家隔离禁足，失去了户外活动的乐趣而已。他们，那些请战到武汉一线的医护人员、奋斗在一线的社区工作者们，则牺牲了团聚相守的时间，甚至献出了宝贵的生命。所以，在向这些英雄们致敬的同时，我们要昂起比病毒更高的头颅，拿出战胜一切的勇气。

至于"强"，老师要说的是强健体魄、抵御病毒的"强"，是强化防疫、规范防疫行为的"强"。在强健体魄方面，体育老师我当然有发言权。每天待在家除了看书学习，可以跳一跳老师教你们的啦啦操，还可以教爸爸妈妈和爷爷奶奶跳。也别忘了老师教你们的仰卧起坐、下蹲练习和每节课必练的我们一起创编的徒手操练习。在家找一处空旷的地方，行动起来，用运动的愉悦驱走疫情带来的阴郁和不快，集合成一家人的欢乐汇！

我亲爱的孩子们，关于病毒，老师和你们说了这么多，希望你们没有厌烦。居家隔离的日子还会持续一段时间，但是就像老师常告诉你们的那样，方法总会比困难多，让居家的日子充实快乐起来吧！你们不是总说，你们比王老师还聪明许多吗？那么，发挥你们的聪明才智，创造出一段多姿多彩的居家生活。

孩子们，盼望着战胜疫情的那一天快快到来，老师在学校等你们，在操场等你们，在春天等你们。

想念你们的体育老师王朝群

2020年2月10日

现在不到2岁的孩子，长大之后想起2020年的初春，会收获什么？作家李小墨思考着，写下这封信。在灾难与喜悦接踵而至的日子，她希望她的宝贝记住这些时刻，记住在疫情中值得被铭记的三个人，长大之后成为一个精神富足的人。

我希望你成为和他一样的人

——写给女儿

李小墨

作者简介：

李小墨，职业书评人，畅销书《请停止无效社交》作者，曾为《海南特区报》记者。

亲爱的小房子：

今天你学会说“牛奶”这个词了，只是发音不准，说成“泥奶”了。可爱的样子，把妈妈的心都融化了。

1岁零3个月大的你，没有能力理解这个世界发生了什么，以及正在发生什么，依然那么健康快乐，肚子饿了，就指着奶粉罐“泥奶泥奶”地讨吃的。作为母亲，我感到很幸运，因为可怕的病毒没有直接降临到你的头上，让你小小年纪就直接面对生死考验。

可是，疫情真实地发生了，可以说影响了每个人的正常生活，当然也影响到了你，这极有可能会是你在老家待得最长的日子。

所以，我就在想，如果将来有一天，和你谈论起这场疫情，我会和你谈论什么，想教你什么呢？

我想和你谈论三个人，在这次疫情里让人印象深刻的三个人。

第一个是住进方舱医院，斜靠在病床上读《政治秩序的起源》的那个年轻人。那张偶然被拍到的读书照片流传了出来——在人心惶惶的方舱医院，他竟然就那样静静地读书。镇定读书的他身上仿佛有一种强大的精神力量，给人们勇气和宽慰，也让人惭愧。

我希望你成为和他一样的人，一个“逆商高”的人。无论位于何处，身处何种境地，总能找到一些可以做、值得做的事。坚强的人可以在自己身上克服这个世界的困难。

我希望你成为和他一样的人，一个拥有精神生活的人。就算身处斗室，就算困在病床上，你也随身携带一个广阔无边的宇宙。虽然我们肉身的自由可能会被拿走，可是精神的自由只要我们自己愿意，无人可以禁锢。

我希望你成为和他一样的人，一个终生阅读者，对知识保持饥渴，对未知保持旺盛的好奇心和探索欲望，永远不停止地主动去学习。

其实，不光是这次疫情，是捧起书还是打开游戏，遭遇逆境时是站在原地抱怨还是积极开始一个有意义的行动，这些是我们一生中无数次会面临的选择。妈妈希望你可以做好这道选择题。

第二个是钟南山院士。当今的中国，没有人不知道他，等到疫情平复，他一定会淡出人们的视野。等到你长大，能识字，能思考更复杂的事情的时候，我不知道还有多少人会提起他。但是妈妈希望，你会永远记住这个名字。不只是因为他是一位德高望重的老者，是两次抗击疫情的功臣，还因为他是最优质的人生榜样。

妈妈希望你成为和他一样专业的人。在这次疫情中，钟南山院士和一个叫张文宏的医生，引起很多关注，受到很多人喜爱，不仅因为他们实事求是，还因为他们是自己所在领域的佼佼者。

我们应该做一个“T 型”的人，有一个精通的领域，然后在更多领域有其他小的技能。专注一个领域，你可以跟精通其他领域的人展开合作，否则就丧失了和那些有突出长板的人为伍的资格。专业精深、能力突出的人，为社会作贡献，无论到哪里，都受人敬重，也更容易和他人合作。

第三个是做公益的歌手韩红。她平时参加节目或者接受采访，总给妈妈一种充满火药味的感觉，可是我们看人不能看表面，要看她做了什么。几乎每次大灾，都有她去救助的身影，她是一个说话耿直，有时会让一些人不舒服的人，但她有一颗温厚的心灵。

曾经有人问我什么是爱，我觉得最准确的说法是"爱就是在别人的需要上看到自己的责任"。韩红爱这个世界，她在陌生人的需要上看到了自己的责任。

而那些看到医护人员上下班不方便，就组成车队去接送的志愿者，全国各地逆行的医护人员，他们也在别人的需要上看到了自己的责任。

妈妈希望你像他们一样，做一个关心世界、关心他人的人，能在别人的需要上看到自己的责任，然后拿出行动去回应那些需要。

你刚学会走路，妈妈写这封信的时候，你走累了，伸出两只小手讨奶奶的抱，这会儿在奶奶的怀里甜甜地睡去了。我们一起祈愿，愿疫情尽快平复，愿世上所有的孩子和所有的大人都能安稳入睡。

超级爱你的妈妈

2020 年 3 月 14 日

疫情下封城封村，作家董祖斌和居留老家的孩子难以相见。但在特殊时刻，他深深挂念着孩子的学习与生活，第一次提笔写信给孩子，分享3张让他刻骨铭心的照片，希望孩子上好2020年的第一堂课，在人生的课堂上结实累累。

笃实好学，愿你结实累累

——写给儿子

董祖斌

作者简介：

董祖斌，少数民族作家学会会员，散文家学会会员，曾出版个人散文集《岁月栈道》《在路上》，长篇报告文学《星光》等。

吾儿楚涵：

见信惊奇吧？今年你年及 12 岁，马上就要小学毕业了，这样给你写信还是第一次，也许对我们父子而言都是陌生的吧。

因为我春节要值班，先行返城，不久道路被封，竟致寸步难行，你一人留在 200 里之外的老家和爷爷奶奶一起隔离。楚涵，这是 2020 年的第一堂课，是每一个中国人 2020 年的共同课表。

这些日子，我知道你热心参加家务劳动，参加学校线上教学，今天看到你在老师发出来的“优秀学生”“小作家”榜上有名，我为你自豪。在网络课堂上学习，是这个特别的春节你收获的一部分；国家疫情防控阻击战的浩大、坚韧，对你而言，将是一堂更加深沉、震撼、催人深省和思考的课。

在这场战争中，有 3 张照片让我铭刻于心。这 3 张照片都以孩子为主题，你也是孩子，在看这些照片的时候，你的脸庞常常在我的面前晃动，也许这就是“老吾老以及人之老，幼吾幼以及人之幼”吧。

第一张照片上是一个穿着防护服的孩子，据说他还没有 10 岁。他相依为命的爷爷因病去世了，去世之前，爷爷告诉他，不要出门，外面有病毒。于是，孩子给已经去世的爷爷盖上被子。这样年纪的孩子本应读书、享受父爱母爱，可他却能在这昏天黑地的悲伤中镇定自如！这个小男孩的遭际很不幸，可是，我希望你也能向他学习，坚韧地面对生活。因为，人的力量，除了人与人之间的互相帮助，最大的力量来自自己。

第二张照片上是一个孩子正给医生鞠躬。他是一个不幸感染了新冠病毒的孩子，被收治进了医院，并被成功治愈！这个孩子一定在与病毒作战中体会到了活着的幸福与医生救治的艰辛，他把千言万语化为一个九十度的鞠躬，而他面前的医生也用一个九十度的鞠躬进行"回礼"。感恩，是人类的一种珍贵情感，是构建和谐社会的关键一环。小小孩子用深深一躬向全社会传达了知恩图报的讯息。孩子，你明白吧，要学会感恩。

第三张照片上，一个孩子在树林间的窝棚里上网课。这张照片，让我立马想到了你。你们因为同样的原因待在家中上网课，可是，他老家的房子里信号很不好，无法联网，他好不容易在屋后的大山找到了一个信号比较好的地方，用塑料纸搭建了窝棚，哪怕是大雪纷飞，也不惧寒冷，一个人在里面坚持学习。相比之下，你是多么幸福啊，古时"凿壁偷光""悬梁刺股"的故事也许太遥远，而今天，在这个疫情肆虐的时期，你看到身边的同龄人是怎样刻苦地学习了吧？这是国人勤奋好学、刻苦上进的精神的传承。孩子，这是当今社会在你身边艰苦求学、热爱学习的典范。

这段时间，值班的我接触到了很多平凡而伟大的人，身处其间，我感到一种幸福和踏实。个人力量很小，但是一起出力，就能形成坚不可摧的向心力，就有了战胜一切灾难的力量。这是我们的祖国，也是我们的幸运。

想到我们一家人都平安健康，便更加觉得要努力工作回报。而你，则更要珍惜时间，好好学习了。这是你第一次在老家待这么长时间，希望你把那些山林与田地，也当成一个难得的课堂。在这个多难的 2020 年孟春，我想你会收获颇丰。

父亲

2020 年 3 月 2 日

辑三　成长篇

在人生路上独自前行的时候

NIKE

在人生路上独自前行的时候

2020年2月7日，山东大学齐鲁医院心外重症监护室的主管护师王云，随山东省第5批援鄂医疗队奔赴武汉。她在家中的女儿郭歌遥知道，身在武汉的妈妈，心里最大的牵挂就是她。为了不让妈妈担心，7岁多的小姑娘在爸爸的帮助下写了这封家书。

蝴蝶兰盛开的时候，妈妈就该回来了

——写给援鄂的医生妈妈

郭歌遥

作者简介：

郭歌遥，山东省济南市历下区棋盘街小学二年级学生。

亲爱的妈妈：

从2月7日到今天，您去武汉已经7天了，吃过晚饭后我给您打电话，可是电话没有接通，爸爸说您在上班，在忙，我好失望。其实昨天我也给您打电话了，电话也没有打通，爸爸说您下夜班，在休息。

我知道我不能在您休息的时候给您打电话，因为您只有休息好了才能保护好自己，才能顺利完成任务，好好地回来。

爸爸告诉我，昨天晚上您给他打电话了，可您打电话的时候我已经睡着了。

妈妈，我好像从来没有离开过您这么久！

吃晚饭的时候奶奶问我："你想你妈妈了吗？"

我没有回答她，爸爸说我没礼貌。

我差点就哭了，其实我挺想您的，可是我要把"想"放在心里，因为您走之前就跟我说过，要是我想您了，一定要留在心里，这样您在武汉也能感应到我对您的想念。

所以我没有回答奶奶。

妈妈，您说我做得对吗？您想我了吗？

妈妈，您走后的第3天，我问爸爸您什么时候才能回来，爸爸说，等我们家阳台上的蝴蝶兰全开了您就回来了。

我在阳台上仔细地数了两遍，没开的花苞还有 21 朵。

您走的第 4 天，我又把花苞数了一遍，还是 21 朵……

前天，还是 21 朵……

妈妈，我悄悄地告诉您，您别告诉爸爸，我昨天偷偷把花苞摘掉了两朵，这样您就能提前两天回来了。

妈妈，昨天晚上我看到电视里报道您的新闻了，新闻里说您和李莉阿姨为了节省防护服，为了不给其他叔叔阿姨增加负担，强忍着难受把呕吐出的东西又咽了回去。新闻采访里您说得好轻松，可是我看到爸爸眼角的泪了。

郭歌遥家中的蝴蝶兰

妈妈，我告诉您，您不仅是个勇敢的妈妈，还是个坚强的妈妈，爸爸就不行，他一点都不坚强。我一定要向您学习。

妈妈，我告诉您，您在家的时候，家里干干净净的，您不在家的前几天，家里都乱糟糟的，有一天我还在厨房里捉到了几只蚂蚁。我批评了爸爸，现在爸爸和奶奶把家里收拾得又像您在家时一样干净了。

妈妈，这几天我听爸爸的话，仰卧起坐可以一次做 15 个了，学校里安排的网络课程我学习得也很认真。健康防疫课讲了新冠病毒的危害，那个带刺的小东西真像个小怪物，爸爸说您跟叔叔阿姨们去武汉，就是为了打败这个小怪物，救治被这个小怪物伤害的病人，我相信你们这么强大的人，一定很快就会把它打败的。

妈妈，我刚才又去阳台了，蝴蝶兰开了 3 朵。爸爸说，这几天要降温，天会变冷，要下雨雪，等这场雨雪下完了，天气再暖起来的时候，我们家的蝴蝶兰很快就会全部盛开，那时候，您也就该回来了。

妈妈，等您回来的时候，我要用盛开的蝴蝶兰编一个漂亮的花环，不，我要编两个，我一个，您一个。妈妈，您一定要带我去武汉，去您打败过小怪物的不再有病毒的武汉，看樱花，吃热干面……

妈妈，现在，我对您最大的爱和尊重，就是乖乖在家等您回来。

妙妙

2020 年 2 月 13 日

2020年的春节过后，新学期如期而至，但疫情尚未稳定，多个省市宣布延迟开学时间、进行线上教学，即将迎来高考的武汉学子陈菲阳给挂念学生的杨校长写了一封信，感谢校长和全体老师为学生顺利备考付出的努力。

我们前行的脚步不会停下

——武汉高三学子写给校长

陈菲阳

作者简介：

陈菲阳，湖北省武汉市水果湖高中高三学生。

亲爱的杨校长：

新年好！

转眼间，进入学校就读已经两年有余了，我爱校园的绿草如茵，我爱校园的琅琅书声，我爱校园的空旷操场……可是因新冠病毒的肆虐，我们不能像往常一样如期回到我们热爱的学校。

正月初五，我们收到了您亲笔写给高三学子的一封信：“岁月如常流逝，不因疫情驻足；高考如期而至，不因我们缓步。为此，学校决定启动‘春风行动’线上教学——不用面对面，但能心连心。”得知这个消息后，我们特别兴奋，悬着的一颗心终于放下了，对于部分自学能力不足的同学来说，网课无疑是最好的解决方案了。

当天我们抄下课表，贴在墙上，按照课表的安排，做好各科学习任务的规划。细心的老师们为我们准备了学习资料的电子版，供我们下载打印。

正月初七早上第一堂课，一首激动人心的高考版《铿锵玫瑰》拉开了空中课堂的帷幕，枯燥的英语单词在鲁燕老师生动的讲解下变得灵动起来，我们跟着老师的节奏背起了单词，掌握单词在各类场景的应用，时间在不经意间就悄悄溜走了。

接着，许久未见的戴凯老师终于上线了，听着那久违的声音，几乎快忘掉的排列组合和概率的公式与应用又被我们重新捡起来了。

既要负责高三年级的教学统筹，又要负责我们班语文学科授课的毕晓艳老师，有着10多年语文教学的经验。她有条不紊地讲解鲁迅先生的《中国小说史略》，使我们对课文的理解更深。

为了让我们的课堂充满活力，学校还安排了张雪老师在课间活动时间带领大家做武术有氧操，我们全家跟随着张老师的节拍动了起来，不仅学到了知识，更锻炼了身体……

家长们也在群里为我们加油鼓劲，想方设法为我们准备上课的电子设备，提供无微不至的照顾和保障。

这个特别的冬天，在知识的海洋里遨游，我们收获了春天般的温暖！

现在，举国战“疫”还在进行，无数逆行的医务工作者在书写着救死扶伤的神圣诗篇。疫情的阴霾还未消散，但我们不会迷失方向，更不会停下前行的脚步。“病毒要隔离，学习不中断”，在挑战与机遇并存的时刻，谁更懂得自主规划学习，谁就能把挑战变成机遇，谁就是最先长大的人。

亲爱的杨校长，感谢您在特殊时期为我们高三学生所作的精心安排，我相信，疫情过后，当我们在学校门口再相见，您会发现，归来时，我们已成长！

您的学生陈菲阳

2020年2月13日

疫情暴发后，张晛玥的父亲——一位人民警察，参加了转运病患、小区封控、隔离点值守等多项任务。“暴雨中的坚守，静音的电话，夜宵的方便面，开着的车窗，凌晨2点的朋友圈……”这是张晛玥笔下流淌的民警爸爸的抗疫生活，也勾勒出了无数逆行者的身影……

我心中的最美逆行者

——写给民警爸爸

张晛玥

作者简介：

张晛玥，湖北省武汉外国语学校初一学生。

亲爱的爸爸：

2 月 14 日夜，一场雨雪天气席卷了整个江城。

窗外，电闪雷鸣、暴雨倾盆；家中，窗明几净、温暖舒适。亲爱的爸爸，想象着被寒风冷雨吹蚀浸泡着的您，我在家中有些心疼，又有些无奈。毕竟抗疫不全是白衣天使们在努力，社区排查、转运病人这些工作，也需要人民警察们全力以赴。就像您说的："疫情，就是警情。"

我趴在桌上，听着窗外风的咆哮、雷的怒吼、雨点的争先恐后，也观察到妈妈在客厅里担忧的神情。她正在给您拨电话，电话嘟嘟响了七八下，总算接通了。

电话那头，风雨声和同事说话的声音交织在一块儿，您用很大的声音和妈妈对话。我隐约分辨出电话里传来的防护服的摩擦声，还有橡胶套鞋踩踏积水发出的哗啦声，但没等我说话，电话就挂断了。

爸爸，其实我想问您，您吃晚饭了吗？虽然全副武装，和病人同乘一辆车，防护工作做得够不够好呢？对了，我嘱咐捎回家的方便面，在百忙之中您也许会忘吧？

第二天早上，妈妈给我看了您深夜发到朋友圈的图文。您总会在下班后详尽地描述前日工作的所思所想，昨晚也是这样。文字很用心，配图却有些模糊，照片中的您戴着护目镜，穿着笨重的白色防护服，显得有点臃肿，左手抱着头盔，右手比了一个乐天的剪刀手。您写道："因为有病人，在车上必须开着窗户，很凉快。"我回想了一会儿昨夜的狂风大雨，不禁打了个寒战。"凉快"，好一个"凉快"啊，我乐天的爸爸！

您回家时已临近中午。妈妈一边往您身上喷洒酒精消毒，一边关心地问晚上睡了几个小时。您轻描淡写地说："三四个小时吧。"我追问您几点睡的，得到的回答是凌晨 2 点半。

当我问起方便面的事，您摆出一副"才想起来这件事"的样子，说："哦——忘了。"猜您应该是不想让我太失望，接着又连忙加了几句，"其实倒也没忘，昨天晚上还拿了两碗放到车上。之后觉得太饿了，就和同事一起吃了……"

您知道吗？您不好意思地咧嘴笑的时候，像极了一个做错事的孩子。

暴雨中的坚守，静音的电话，夜宵的方便面，开着的车窗，凌晨 2 点的朋友圈。我祈祷，无数人这样无声的付出，能够把疫情打得直不起腰，就像昨夜呼啸的大风能吹倒树木一样。可是，体格高大的爸爸晚餐只吃一碗方便面真的够吗？

您在朋友圈中说："一位老婆婆搀着一位老公公上了警车，下车的时候，婆婆连夸我们是'逆行者'。"也许，这就是答案。

瞅准机会，我缠着您问为什么深夜发朋友圈，您一边炒菜一边说："主要是想分享给身边的同事看看，提醒他们做好防护，熟练操作流程。"紧接着又笑着补上一句，"不是写给你看的哦。"我听后也笑着说："那就让您写工作，我来写写您吧。"

我想把昨晚的雨积一樽清酒，用它来致敬那些无名的逆行者们。爸爸，我想叫您一声"最美逆行者"，我为您骄傲！

最爱您的女儿张晛玥
2020 年 2 月 15 日

田乐容米的英国好朋友原准备来武汉旅游，美好的计划却因一场疫情破灭，田乐容米只能以一纸书信寄托对好友的思念。有感于田乐容米的真情诉说，也因为对武汉的特殊感情，远在沈阳的宋天童给她写了一封信，送上了来自远方的祝福。

等你来，熟悉或陌生的朋友

—— 一对笔友的通信

田乐容米　宋天童

作者简介：

田乐容米，湖北省武汉市第二中学高一学生。

宋天童，辽宁省沈阳市第四十三中学初三学生。

亲爱的朋友 D：

你的祝福收到了，此刻，你的关心是多么温暖！得知你已退掉机票，不必遗憾，下次再来武汉吧，到那时，我还当你的导游！

你关切着我的家乡，是的，这里封城了，封城之下，是一场残酷的战役！疫情凶猛，我心中难受。起先面对铺天盖地的报道，焦虑恐惧过后，仍存三分不信，希望这一切都是假的。现在的我，透过窗户，望着空荡荡的二环线、冷冷清清的江滩，以及晚上孤独地呈现“武汉加油”四个大字的入天高楼，还有那接踵而至的封城令、封小区令，以及减少外出的警告，我开始认识到病毒的无情，而我只能待在家里，担心、恐惧，却无能为力。

不过，好在我们还有希望。这几天发生在眼前的一幕幕，能给我增添些力量。我们的城市和人民，在艰难中鼓起了勇气，守望相助的力量势不可挡。当你突然发现无数英雄人物就在身边时，谁不会为他们的精神所鼓舞？我想，疫情会过去的！

正是读书时节，被关在家中隔离的我没有停下来，翻开课本，开始自学，开始网上学习。倚窗而望，多想推开门，穿上校服，奔向校园。但如今，那学校旁的十字路口，灯光正亮，而五颜六色的校服交错的场景不能再现了。校园内，空无一人，教室窗户半掩，窗帘参差不齐地放着，操场上还停着几辆车，只可惜大门紧锁，是开不走的，倒像是被单独隔离着不能回家。

但如今不能走进教室的我们，终将迎来打开校门的那一天。到那时，我们必有更强大的学习动力。岁月悠悠，多年后的我们将肩负守护这个国家的职责，相信到了那一天，我们必能用我们所学的知识，冷静面对、及时应对、科学处理未知的灾难！盼望春暖花开，一切重归正轨，一度沉寂的校园和教室，必将重获生机，又会传出琅琅读书声！

此时此刻，你好吗？窗外雪纷飞，我们与疫情的斗争还在继续，但请你相信，灾难必将结束！ 到那一天，我们相约江城时，迎接你的定将是满园春色的大武汉！等待你过来！就在不久的将来！

你的中国朋友田乐容米

2020 年 2 月 15 日

亲爱的田乐容米：

你好！我是你书信的朗读者宋天童。

此时，距离你写下那封信已经10天了，武汉的生活有改观了吗？

我的大姨曾在武汉读书4年，绚丽的武大樱花、诗情盎然的黄鹤楼、好吃到爆的排骨炖藕、辣得毫不留情的鸭脖子，还有夏日里总是喜欢穿着拖鞋逛街的老汉口们……这些记忆，她说我听，从小到大，武汉就像一位熟悉的陌生人，于我一直都是亲切的、让人向往的。

我那位在辽宁中医二院工作的医生表婶，已在一周前对口驰援湖北襄阳。家人们很惦记表婶。她的两个孩子，一个刚上小学一年级，一个不到3岁，两个宝宝封闭在家画了很多画，每一幅里都有戴口罩的医生妈妈。

虽然我从未到过湖北，但如果将来咱们有缘见面，也许可以聊一聊吧？

在读你的那封信前，我在网上通过直播看到了武汉的实时景象，可以想象平日里这些地方该是何等繁华，然而此刻目之所及，却只有你信里写的那般沉睡的、被冻结的景色。若不是偶尔有一辆孤零零的车子穿过镜头，我甚至以为那是一张照片——没有人气，钢筋水泥在光影里沉默矗立。

这不是一座城市应该有的样子。我读着你的信，忍不住伤感。好在，从你的信和不断刷新的新闻中，我还能看到希望。我与同学聊起疫情，同学们也都坚信我们离疫情结束的日子不会太远，因为一批又一批的人在驰援武汉、在为武汉加油！我相信，疫情过后的武汉，会是更亲切的、更令人向往的武汉。

沈阳这边的情况正在渐渐好转，复工后马路上的人和车都多了起来，邻居们也能戴着口罩绕着小区散步健身了。沈阳的疫情控制得不错，但这次的病毒顽固又狡猾，没人敢掉以轻心，所以秩序在恢复，不过气氛仍然很凝重。

这是我最紧张的一个寒假，疫情加上即将到来的中考，让我这个初三的学生很是手忙脚乱。想想放假之前还在盼着要是能多睡几个懒觉、少上几天学该多好，结果现在却如你信里写的那样，无比想念我的同学和老师们，想念那个总是让我行色匆匆的校园，想念我最熟悉的校服。

盼着武汉，乃至我们国家快些好转，盼着我们都能重新投入到正常的学习和生活中去！等到疫魔散去，我中考结束时，你想到沈阳一游吗？夏日的沈阳算得上是避暑的好地方呢，到时候我可以做你的导游哦！

你的朋友宋天童

2020年2月25日

新冠病毒击中了许多无辜的生命，即将迎来中考的艾新雅，身边突然少了爸爸熟悉的身影。不幸染病被送往医院的爸爸现在状况如何？女儿只能写信诉说担忧和思念。都说女儿是爸爸的贴心小棉袄，但何尝又不是爸爸先温暖了小棉袄的心呢？

等待您康复回家的那一天

——写给患病的爸爸

艾新雅

作者简介：

艾新雅，湖北省武汉市常码头中学初三学生。

亲爱的爸爸：

自从您感染新型冠状病毒，被送往医院隔离已经有 7 天了，我和妈妈十分牵挂您。您在那边过得怎么样？病情有没有加重？晚上睡觉冷不冷？

爸爸，您知道吗？您这次不在家，家中失去了往日的欢笑，变得异常沉闷。每天我看着那一串串死亡病例统计数字，心里就揪着疼，想确认您是否安全，害怕您也是那数字中的一个。有好几次我想给您打电话，但都被妈妈拦下了，妈妈说您需要休息，不能总是打电话打扰您。但是，我知道，妈妈和我一样，只有听到您温暖的声音，心才会渐渐放下来。

爸爸，您还记得吗？有一天晚上，我蹬掉被子着了凉，半夜发起了高烧，妈妈出差了，您一个人忙碌了一晚上，喂我吃药，不停地给我敷毛巾，一整晚都没有睡。

过了一晚当我醒来时，看到的，就是趴在我的床边睡着了的您。我起床的时候不小心碰到您，将您惊醒，您做的第一件事，就是给我量体温，见我没事，才松了口气。然后，您怕我饿，立马给我做早餐。我鼻子一酸，问您困不困，要不要先去休息。您笑了笑，说不困不困。可是我分明看到，您的脸上有着深深的疲惫。

您这次生病，我也想像您在我生病时照顾我那样去照顾您，可是因为病毒传染性太强，我不能去医院照看您，只能在家为您祈福。

爸爸，您要好好养病，我和妈妈在家等着您。您不用担心我和妈妈的健康，妈妈今天刚用84消毒液把家里擦了一遍。社区的工作人员每隔一段时间就会送来一些新鲜蔬菜，街坊邻里也十分关心我们，我们感到十分温暖。

爸爸，您不在家，我非常听妈妈的话，帮妈妈做了很多事。学校里安排了网络课程，我学得很认真。我希望当您康复回家时，您可以看到我的成绩提高了一大截，为我感到高兴。

虽然因为这场灾难，我们无法团聚在一起，但是我相信，我们的心依然紧紧地挨在一起。爸爸，我们会一直等着您，等待您康复回家的日子！

您的宝贝女儿艾新雅

2020年2月23日

疫情期间，小作者周圆依过上了天天“大鱼大肉”的日子，这成了她甜蜜的烦恼。不过，令她惊讶的是，热心的邻居竟纷纷送来了新鲜蔬菜，很快，靠邻居伸出援手的日子结束了。这段特殊的经历让小作者感叹，那是凶猛“年兽”夺不走的温暖！

凶猛“年兽”夺不走的温暖

——致伸出援手的邻居

周圆依

作者简介：

周圆依，湖北省宜昌市伍家岗区实验小学五年级学生。

亲爱的邻居：

您好！

这是一个不同寻常的新年，在这段本该喜悦的日子里，出现了一只凶猛的“年兽”——新型冠状病毒。它吓跑了办年货的人们，驱散了逛庙会的人们，赶走了来拜年的人们……它把许许多多的家庭拆得支离破碎，把一个个生命夺去。它抢走了快乐与团聚，带来了惊慌与恐惧。

封城乡、闭街市，很快我家在食物上遇到了窘境——只剩下去年没吃完的腊猪肉与奶奶养的几只母鸡了。

大鱼大肉的日子很舒坦，但是没有补给，没有与之搭配的蔬菜，终有一天会无菜可吃，更会让我们营养不均衡，身体受到损害。

我们很苦恼，不知道该如何是好。

这时，您叩响了我家的大门，喊道：“菜薹和辣椒都放在你们家门口了，出来取一下吧！”

开门的时候，您已经走了，地上却整整齐齐地摆放着新鲜的菜薹和鲜红的辣椒。我的心里顿时涌起了一股暖流，谢谢您，我最亲爱的邻居！

后来，每隔几天我们就会在门口或后院里发现新鲜的蔬菜，或是白菜，或是萝卜，都是邻居你一家我一家地拿过来的，真是“一方有难，八方支援”啊！

若不是您的善良和帮助，我们家里那么多人，恐怕很快就会没菜可吃，更别说吃到这么多新鲜可口的蔬菜。谢谢您，在我们最困难的时候来支援我们！

俗话说得好，"远亲不如近邻"。我们虽不是连着血脉的亲人，却胜似亲人！虽有一墙之隔，但您总在我们最需要帮助的时候伸出温暖的援助之手！您就是我们慈爱的亲人，因为亲人在危难时刻必定互帮互助！

祝您万事顺心，平平安安！

周圆依

2020 年 2 月 23 日

《湖北日报》的摄影记者柯皓自疫情发生以来，坚守在一线采访，多次进入多家医院的隔离病区和ICU病房，拍摄了大量珍贵的新闻照片和视频。在元宵节的晚上，他的儿子柯逸峰给多日未归家的父亲写信表达思念。

盼您无恙归来

——写给摄影记者爸爸

柯逸峰

作者简介：

柯逸峰，湖北省武汉市育才实验小学五年级学生。

亲爱的爸爸：

您好！好久没看到您了，我很想您。武汉暴发疫情，您从除夕那天开始，就一直在前线忙碌，顾不上回家。今天是元宵节，是阖家团圆的日子，我多么希望您能回来陪我们过节啊！

还记得除夕那天，我醒来时很高兴，因为您答应过我，一放假就带我去东湖绿道骑车游玩。我穿好衣裳，问您什么时候出发，您却说，刚接到单位电话，有紧急采访任务，不能在家过春节了。带着妈妈急匆匆地给您收拾的几件衣服，您就出门了。

您是一名记者，哪里有新闻就往哪里冲，这是您的职责，也是您的习惯。大年三十外出采访，我是理解的；但当我听妈妈说您是要到一线采访，我就急了。我知道这次疫情有多么可怕。为什么偏要安排您去采访？采访期间每天您吃什么？住在哪儿？怎么消毒？……无数个问题涌入我的脑海。我坚持要跟您通话，希望您能不去采访。您却说在这个关键时刻，医护人员都坚守在自己的岗位上医治病人，其他城市的许多爱心人士向我们捐赠口罩、防护服，我们武汉人没有什么理由不在能力范围内做一些事情。我无话可说，您的决定是对的。

这些日子，从奶奶、妈妈的口里，我知道您每天都很辛苦。大年三十的团年饭，您是在医院同医生一道吃的盒饭。那天晚上 11 点，您还在拍隧道封闭的场面。直到凌晨1点才回酒店，完成手头的工作后，您才又吃了一碗方便面。我听了这些，很心疼。

这些天来，您奔跑于天河机场、雷神山医院、方舱医院，哪里有新闻，您就在哪里忙碌。后来，我又在妈妈的手机里看到了一篇报道，才知道了您4次进入隔离病房采访的艰难过程。

1月28日，您进入隔离病房采访。当天，协和医院教授赵雷要去武汉市肺科医院ICU查看一名重症患者，这名患者因感染了多名医护人员而备受关注。您虽已3次进入隔离病房，但眼前的景象还是让您十分震撼。弧形的ICU病房里，10张病床依次摆开，每张病床周围都架满了急救设备，10多名医护人员忙碌着。拍摄过程中，您特别谨慎，小碎步慢慢移动，时刻环顾四周，生怕影响了医护人员的工作。您一边拍摄照片，一边录制视频，记录下这珍贵的画面。

爸爸，您不怕危险，用影像讲述疫情，您就是一个无所畏惧的勇士！但是，我也很担心您，担心您不能按时吃上饭，不能保证睡眠时间，担心您的身体承受不住。

刚才，奶奶把汤圆做好，端上了桌。看着汤圆，我有点想哭。您此刻在干什么？吃饭了吗？还是在医院里忙碌吗？我真希望您突然出现在门口，给我们一个惊喜。但是，您的身影始终没有出现。

不过，爸爸，您不用担心我们。这些天，我好像也长大了不少，在家里完成了作业就做点家务，有时还帮忙带弟弟。请您一定做好防护，我等您带我一道去东湖绿道骑行，拍摄美丽的风景！

想您的儿子柯逸峰

2020年2月8日

有一群人，不是白衣战士，却在抗疫初期就“战”在一线，他们是“黄衣战士”——身着反光背心的火神山医院建设者。这封信由其中一位“黄衣战士”的女儿所作，小作者想和父亲说一说，那些在父亲争分夺秒工作时没能说的话。

小黄背心，照亮武汉的那一抹微光

——给“基建狂魔”爸爸

黄琬竺

作者简介：

黄琬竺，湖北省武汉市汉阳区西大街小学三年级学生。

爸爸：

不知道您现在是不是安全到家了。我现在不在您的身边，却十分惦记您！我从来没有像现在这样，这么想您。

我只记得这几天和您匆匆视频，您跟我说得最多的一句话：“时间就是生命，刻不容缓。”

您不是白衣战士，但是您是“战”在一线的那个黄衣战士。因为您和您的战友，我知道了一个词——“基建狂魔”。

大年三十，“火神山”有您的身影，现在，长江新城方舱医院有您的汗水。自进场施工的那一刻起，不讲条件，按下“快进键”，开启“加速度”，我只能当起云监工，希望在那么多硕大的吊车中能寻到您，希望在无数闪现过的小黄背心中能觅到您。

我时时刻刻都想打电话给您，有时是想问一下建造“火神山”是不是像拼乐高积木一样，有时是好奇那个比人高两倍的大罐子怎么能净化排泄物。但是我不敢给您打电话，生怕影响您工作，生怕您好不容易能睡觉却被我吵醒。

我看到电视里现场机械轰鸣声震天，作业人员奔走的脚步不停歇，我这才懂得了，工期紧张，时间就是生命。以前您让我和时间赛跑，我想，人哪里可能跑得过时间呢？

迎难而上，全力以赴。凌晨1点，2点，5点……“今晚的任务必须完成！”争分夺秒的10天时间终于建好了能够容纳1000张床位的武汉“小汤山”，好多危重病人可以得到更好的医治了；夜以继日的6天时间建成了长江新城方舱医院，新增3000个床位，成为武汉市目前最大的一所方舱医院，专门收治新冠肺炎轻症患者。

我终于等来了您的电话，您怕回家路上开车睡着，就不停跟我讲话。听您讲，你们就是一群和时间赛跑的人。

爸爸，前方有这么多伟大的逆行者，穿着小黄背心的您也是其中一个，是照亮这座城市的一抹微光！武汉是一座英雄的城市，待疫情结束，我们相约“晴川历历汉阳树”，相约“芳草萋萋鹦鹉洲”！

安好，不用回信了！

爱你的女儿黄琬竺

2020年2月26日

陈子玉是一名即将迎来高考的武汉学子，她的父母在疫情暴发后下沉到江汉北路社区，深入每家每户，调查情况，分发物资。最初埋怨父母的陈子玉如今充满信心地等待花开疫散的日子，写下这封信，也写下了与父母在春天的约定。

我们一起等春天

——写给下沉社区的父母

陈子玉

作者简介：

陈子玉，湖北省武汉外国语学校高三学生。

亲爱的爸爸妈妈：

你们好！

又一年春天到了。这是我经历的第 18 个春天。

春天在我印象中永远都是喧闹的，多彩的。经历过冬季的沉睡，随着一声震天地的惊雷，人们褪下臃肿的厚外套，扬起充满朝气的脸庞迎接春日。

今年的春天静悄悄的，与往年都不同。暴发的疫情，使得人们不得不遵守新规减少出门。那么，那些少数留在门外的人是谁呢？是与时间争分夺秒的一线战士，是和平时代诞生的新英雄！

何其不幸，又何其有幸，你们——我的父母，都是奔赴抗疫一线的战士。

我仍记得你们拉扯年幼的我长大时的情景。那时候，我觉得你们是我的英雄，是我的专属英雄。你们好像什么都会，会做我最爱的烧鸡翅，会帮我缝制小杯套，会指导我解答最不擅长的数学题。你们好像不会累，不用休息，每晚都在我的床前守护我，直到我进入梦乡才悄悄离开，过了一晚又一大早喊我起床上学。难道你们是超人？我常常这样想着。

后来我长大了，逐渐发现你们其实根本不是超人，只是大千世界中的普通人。你们会因为难受哭泣，会因为不顺心争吵，会因为工作辛苦而贪睡。你们唯一与其他人不同的就是会毫无理由、毫无保留地爱我。

疫情蔓延时，我忽地发现你们再次变成了超人，只是这次你们不再是我的专属，而是所有人的超人。你们在疫情暴发不久就下沉到基层，前往各个社区，深入每家每户。我还记得奶奶看到爸爸第一次下沉工作时没有戴护目镜的照片，在家里急得直跳脚。从那之后我都不敢看你们工作的照片，因为我真的很担心，我想象着你们穿着防护服，戴着勒得紧紧的口罩挨家挨户调查、送物资。当你们把衣服口罩脱下的时候，一定浑身是汗，脸上也都是深深的红印。

从你们接到通知下社区到现在，我们有近一个月没好好见面了。每天只能等你们下班回到单独的住所，将全身彻底消毒之后再和我视频通话，视频里妈妈的头发变得比以前枯黄。除此之外，只有你们回来送生活物资时，才能短暂地见一面，而且你们只是站在门外，我只能透过门缝和猫眼看到戴着口罩全副武装的你们，甚至连完整的身形都看不清楚。

陈子玉的父母在社区工作

你们离家前的晚上，我本来一点也不想哭，但是看到你们开始整理行李，准备很久不回来的时候，眼泪还是一下就掉了下来，就那么自私地想着，为什么我的父母就要去上班呢？为什么别人的父母就可以陪着他们的孩子？事后想想，那时的想法确实是幼稚到了极点。但请原谅我，原谅我没有让你们省心。你们答应过我一定会照顾好自己，英雄和超人是不会食言的，不是吗？

不过，爸爸妈妈，我也希望你们在工作之余照顾好自己，不要逞强，英雄不会食言，但英雄是会累的！

我坚信当春日真正来临时，便是我们相见之日。期待春日振翅的蝴蝶，期待我们嘴角勾起的笑意和迎着暖阳的脸颊，期待与你们的重逢。

我们一起等春天。

女儿子玉

2020 年 3 月 12 日

面对疫情，无数白衣天使奋战在一线。在武汉，16 岁的高中生陈琪方给患者写了这封公开信，把自己的医生外公和妈妈“借给”患者。她相信，花开疫散的日子很快就会到来！

挺住，我把外公和妈妈都借给你了

——武汉姑娘写给患者

陈琪方

作者简介：

陈琪方，湖北省武汉市第二十九中学高二学生。

朋友：

你好！此刻，你是不是累了？

本该万家灯火串成灯笼，本该腊鱼腊肉香溢四方，本该车水马龙的城市此刻伤痕累累。

外面明明寂静无声，但是我却能清晰地听到雨的低喃，却能真实地感知车胎划过地面的低吼，却能明白地看到救护车倒映在玻璃上的影子，真是彻夜难眠。

我家后面不远处就是新冠肺炎定点医院，前方目光所至也是一家医院，这里是传说中的重灾区，我已经记不清多久没有出门了。

朋友，你还好吧？或许你真的累了，但是，你还在坚持着，对吗？

大年初一中午，我得知年迈的外公也在接诊时，眼眶顿时湿润，视线一片透明，我努力克制激动的情绪，马上联系了他。虽然说他的保护设施齐全，但是脑海不断涌现出那个身影，那个遮盖着严实的防护服，佝偻着腰的人，他是我的外公啊……还有我的妈妈，都说党员必须冲上前线，我明白医生的使命，我也懂得是像外公和妈妈这样的医生在帮助病人和病毒在生死线上搏斗，可我也害怕，我希望亲人能够平安。因为，我只有这一个外公，一个妈妈。

欸，哥们，挺住了，我把我的外公和妈妈都借给你了！

众志成城，你的背后有很多人为你坚守，你的身后有很多人为你鼓劲。

我知道你的紧张，我明白你的难处，但是在你背后支撑的那些人不仅仅只是医生，他们还是别人的父母，是别家的孩子，是一个家庭的支柱和希望。他们因为信仰和责任逆风奔跑，救死扶伤，从未抱怨，从未停歇。

这里的夜晚依旧，这里的灯火闪烁，可这里却空无一人。

人们常说，岁岁常欢愉，年年皆胜意。可是，此刻我深深地明白这种美好的祝愿有多么难能可贵。此时依然有很多社区工作者、警察、志愿者，他们丢下了小家，撑起了大家。

朋友，我相信，你一定会坚持。

星河灿烂，烟火璀璨。2020 年的新年没有了团圆，没有了年货，没有了年味，可是这里的人却拧成了一股绳，昂着头屹立在长江边上。

愿樱花烂漫时，武汉平安除疫。

嘿，武汉，你好！嘿，中国，加油！

陈琪方

2020 年 2 月 14 日

武汉市第四医院的90后护士王雯，好不容易有的小假期变成了"隔离期"，上班变成了上战场。疫情在发展，她的生活在变化，心态也在这变化中坚韧乐观起来。深知家里人的担心，她选择写信告知父母：你们的女儿依然优秀，且更加坚强！

我见过凌晨4点的武汉

——武汉护士写给爸爸妈妈

王　雯

作者简介：

王雯，湖北省武汉市第四医院武胜路院区骨科护士。

爸、妈：

展信悦！原谅近来我与你们疏于联系，因为在电话里，我实在不知道怎么安抚你们在家焦急的情绪。选择这种方式与你们对话，希望我慢慢写，你们能慢慢看，缓缓着急的心跳。

犹记得 1 月中下旬，我上完一趟中夜班，开开心心地准备回家过一个小假期，那天却遇到科室来了好多高热病人，甚至上报了一例疑似病例。不久我便发现自己感染了结膜炎，随后接到科室电话建议自行隔离。放下手上收拾好的衣物，我忍不住哭了好一会儿，我也不知道自己怎么这么喜欢哭。

本来已经决定一个人隔离，你们一个接一个地打电话让我回家，我还是冒着风险回来了。回到家里我告知你们，我将尽量待在自己的房间，你们不要进来，我也尽可能不出房门。在家短短几天，我几乎天天以泪洗面，这大概就是人类面对未知的恐惧吧。

23 号，一觉醒来，疫情信息扑面而来——武汉封城；科室有一位医生确诊住院；新冠肺炎的首发症状加上了结膜炎。护士长建议我去做个 CT 排查一下。那天晚上下了挺大的雨，我从晚上 9 点多等到凌晨，最终拿到无异常的报告，舒了一口气。

假期很快结束，离家前，我对你们说了一句："我这次走了，可能好几个月都不回来。”说完我有点后悔，在这个敏感时刻说什么都会让你们难受。

上班后我便接到了去武汉市第四医院西院放射科支援的通知，报到的那一天，我毅然剪去了自己的长发，镜子里映出的“狗啃”般的发型360度都是“死角”，也正是在这一天，我开始感到极其不适应。

放射科此时的工作量非常大，短短几个小时下来，我全身都湿透了。晚上早早躺下却无法入眠，头疼得受不了，还恶心想吐，有点像感染了新冠病毒的症状。凌晨3点，辗转反侧的我，忍不住爬起来去医院复查一次CT，结果依然是无异常。你们见过凌晨4点的武汉吗？我见过……一个人走着，心里空落落的。

爸、妈，去一线支援的事本想瞒着你们，但是我上班时不能用手机，担心你们联系不到我，以为我生了病，会更着急。于是，我告诉你们：“我已经开始支援了，一天才上4小时班，就打打杂，特别轻松！”但后来和姐姐聊天的时候，我忍不住说了实话——防护服穿上身，呼吸困难，一动就是一身汗，随之而来的还有频频爆发的痘痘，口罩、帽子勒出的印子脱了皮又结痂，反反复复不见好。我平时不是个娇气的女生，但那些日子真的觉得好辛苦！

不过爸、妈，你们不用担心，现在的我已经适应了工作强度，心态也变好了。虽然曾经心里也有恐惧，但是披上了“战衣”，和“战友”一起并肩作战，便忘却了胆怯。看，我在学着前辈的样子，负重前行，誓与死神抢病人！

你们大龄单身却依然优秀的女儿王雯

2020年3月7日

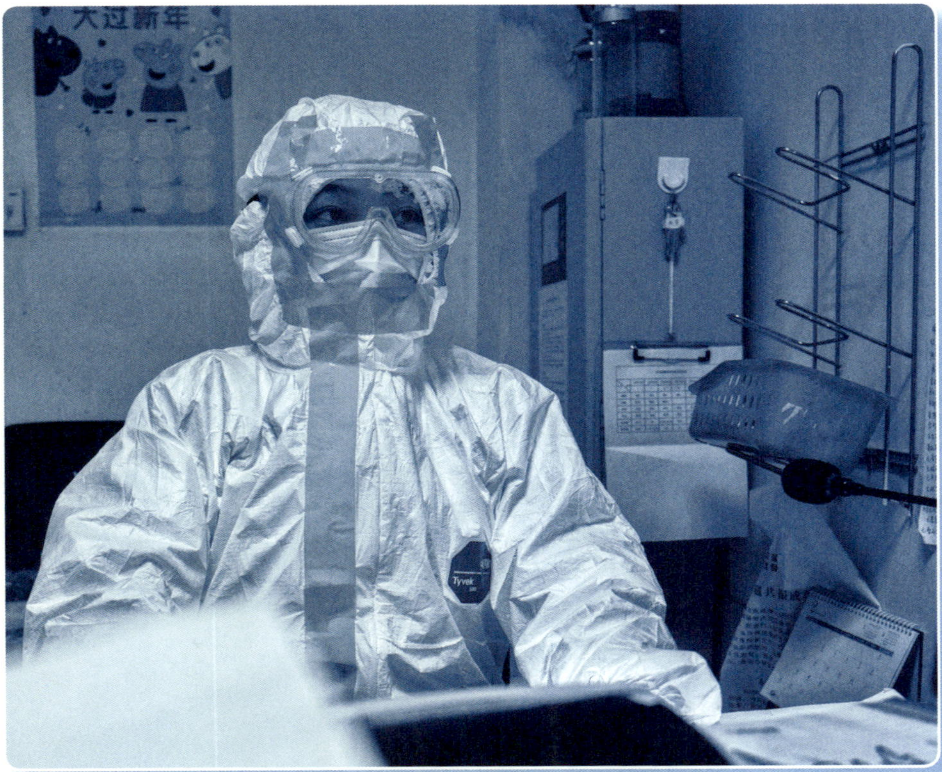

身穿厚重防护服的王雯

辑四　勇气篇

逆行者的身影

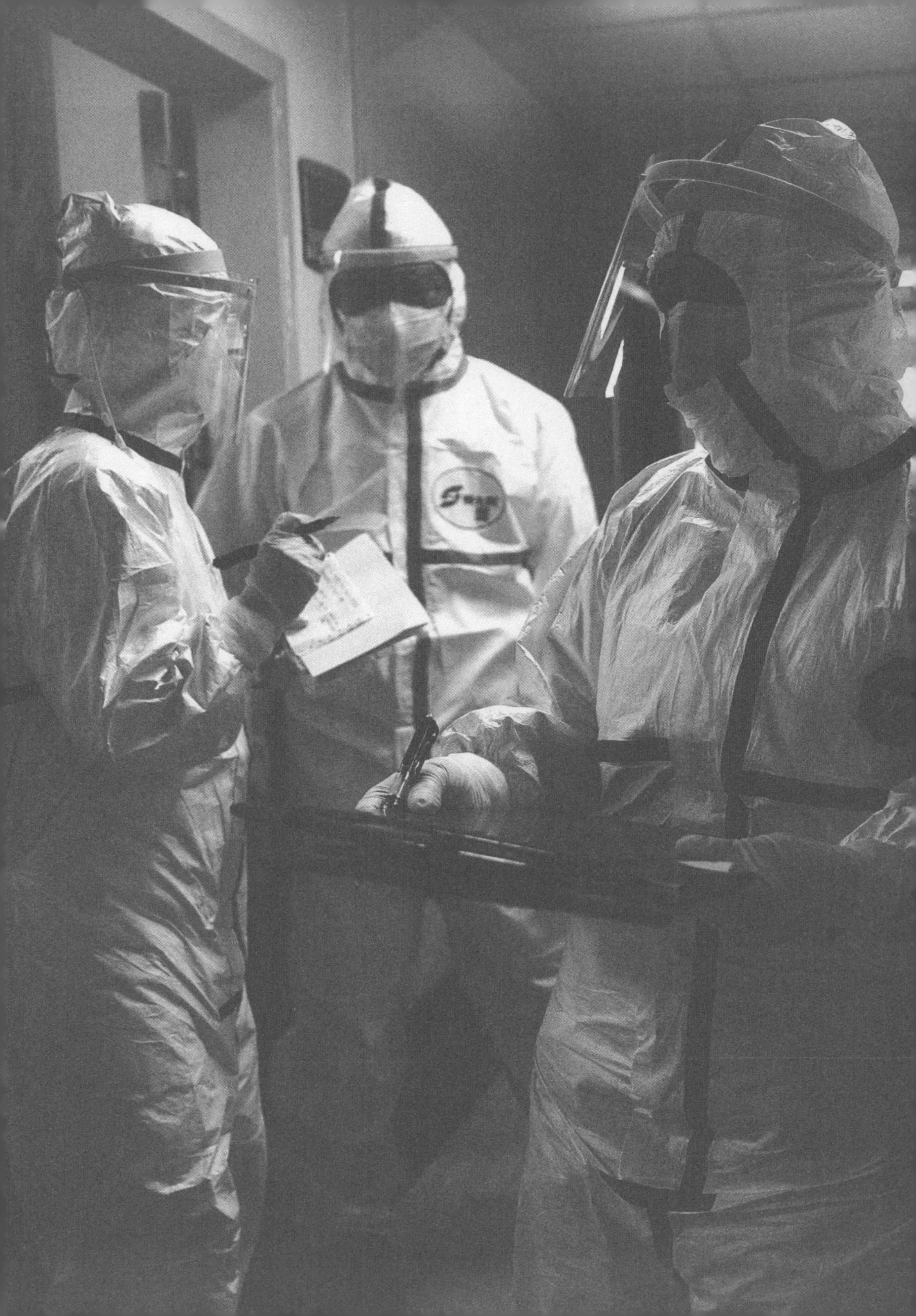

逆 行 者 的 身 影

这封信的作者是著名儿童文学作家董宏猷先生。雷神山医院的医护人员在隔离墙上画漫画、写诗歌，让董宏猷深受感动，他在家乡，也在疫情的风口浪尖——武汉，写信致敬这些“战地”里的涂鸦艺术家。

战地黄花分外香

——写给雷神山医院的涂鸦艺术家们

董宏猷

作者简介：

董宏猷，国家一级作家，中国作家协会会员，中国作家协会儿童文学创作委员会委员。著有《董宏猷文集》四卷，长篇小说《一百个中国孩子的梦》《十四岁的森林》《少男少女进行曲》《胖叔叔》等。

雷神山医院的涂鸦艺术家们：

你们好！

首先，请允许我用“涂鸦艺术家”这么个称呼来给你们写一封信。

前几天，我在好几个微信群里，看到了朋友们发出的好多图片，这些图片，拍摄的都是雷神山医院里的医护人员在走道的墙壁上、隔板上，画的漫画，写的诗歌。我的眼睛顿时就亮了。我知道，武汉人民都知道，全国人民都知道，全世界人民都知道，在武汉疫情最紧张最危急的关键时刻，中国以不可思议的速度，在极短的时间内，建成了火神山、雷神山两座定点医院，专门收治新冠肺炎重症患者，成为扭转武汉保卫战的关键因素。在武汉居家隔离的我，天天关注着盼望着两座“山”的崛起，天天感动于一支支解放军医疗队，以及来自全国各地的医疗队，告别家乡和亲人，冒着生命危险驰援武汉，来拯救我的父老乡亲。很快，火神山医院建起来了，雷神山医院建起来了。然后，方舱医院一个个地建起来了。过去，一床难求；现在，是床等人了。武汉的防疫形势依然严峻，但是，毕竟可以看到地平线上的曙光了。

就是在这样的时刻，我看到了你们在医院内部的隔离墙上，自由随性画的画，写的诗，各个医疗队之间，相互问候和鼓励的暖心的话语。我从图片中发现，这些漫画与诗歌，大多是由大连医科大学第一附属医院医疗队，以及上海市第一医院医疗队的医护人员创作的。和他们并肩战斗的，在墙上互动的，是整体接管雷神山医院的武汉大学中南医院的医护人员。

这些“战地”诗画中，有鼓舞士气的宣传画：“众志成城，抗击疫情！”“中国力量！”“武汉加油！”有幽默风趣的漫画：“武汉热干面挺住！”“俺们大连的海蛎子来啦！”有质朴的诗歌：“我们/本不是山/愿以山之名/冠以‘火雷’之字/克瘟神/佑华夏。”有充满人情味的对家乡的怀念。还有的，是相互加油，真诚致意，以及对抗疫胜利的期待：樱花将灿，雾尽风暖。

我知道，也在图片中看到，你们都是第一线的医护人员。你们在紧张忙碌以后，随手在墙壁上涂鸦，直抒胸臆，自然，真实，动情，感人。也许，你们没有将这些诗画视为文艺作品，但是，我想说，这些漫画，这些诗歌，都是真正的文艺作品。而且，正是因为在抗击疫情的前线，在拯救生命的现场，这些凝聚了战士情怀的漫画与诗歌，便更加真实自然，便更加具有了感人的力量。

因此，我更愿意称呼你们为“涂鸦艺术家”。

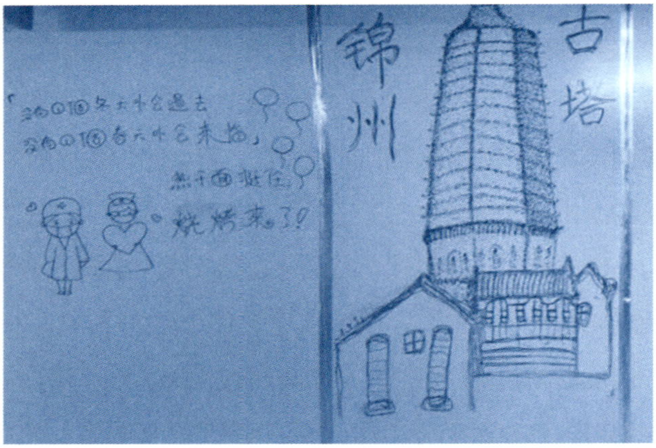

“涂鸦”一词，起源于唐朝，有一位诗人，也是一位茶人，叫卢仝，说自己的儿子爱在墙上乱写乱画，称之“涂鸦”。后来，逐渐演变成为以墙为介质的带有现代色彩的艺术行为。我所看到的来自雷神山医院内隔离墙上的漫画与文字，其实，就是鲜明的“战地”艺术行为。看到你们创作的这些生动乐观的涂鸦作品，我不禁想起了 1938 年的武汉保卫战。在抗战的关键时刻，来自全国各地的作家、诗人、画家，汇聚武汉，拿起手中的笔，在武汉三镇的街头巷尾，在那些简陋的墙上，创作了大量的宣传画、墙头诗，极大地鼓舞了全民抗战的士气与决心。我不知道这些涂鸦作品会不会以某种方式保存下来，也许，它们会消失在历史的长河中；但是，历史会记住雷神山和火神山，会记住你们在前线创作的这些幽默生动、充满必胜信心的涂鸦作品，既有雷与火的壮怀激烈，也有山花烂漫的战士情怀，如同毛主席的一句诗词：“战地黄花分外香。”

雷神山医院临近美丽的黄家湖，世界军运会的军运村，就在黄家湖畔。军运会期间，我曾多次去过军运村采访，创作过报告文学，对那片热土印

象深刻。现在，大湖之畔的雷神山医院，又首创了那么多感人的“战地”涂鸦。我去过大连,吃过海蛎子,真的好鲜好鲜。我去上海的次数就更多了，那里有我的亲人，有我许多的朋友。你们是肩负使命而来的，但是，这也是你们与武汉的缘分，是大连的海蛎子、上海的生煎馒头与武汉热干面的缘分，是在武汉保卫战中结下的患难之交、生死之交。

此刻,我正在武汉的家中,居家隔离已经40天了。此刻,窗外正下着雨。我在电脑前，看着一张张的图片，想象着创作者的笑脸。我要真诚地向你们致敬，向雷神山所有的白衣天使们致敬。真诚地希望你们都好好的，平平安安的，待到春花烂漫时，平平安安地在武汉街头吃一碗地地道道的热干面，然后凯旋，与家人团聚，一起去吃海蛎子、生煎馒头。然后，不要忘了，在你们的身边，是永远铭记着你们的武汉，包括一个你们不认识却忍不住要给你们写信的武汉人。

你们的朋友董宏猷

2020年3月2日于汉口家中

2020 年 1 月 24 日，陆军军医大学医疗队连夜奔袭，直抵武汉抗疫战场，在完成了 83 天的救治任务后，这群白衣战士们悄然无声地撤回。临别之际，火神山医院的一名主管护师唐杰写下此信，感谢驻地酒店工作人员的坚守和陪伴。

我们的军功章上也有你们一半

——军队援鄂护师写给驻地酒店

唐 杰

作者简介：

唐杰，陆军军医大学第二附属医院血液病医学中心主管护师。

万豪的兄弟姐妹们：

我们走了，不是每天上下班时的那种走了，是我们离开武汉回家了，是真的可以回家了。83 天，我不会忘记在武汉的每一个白天黑夜，不会忘记你们的陪伴，也不会忘记你们带给我们的温暖。在这里住了这么久，我已经把这儿当成自己临时的家了。

记得刚来武汉时，空空的城市，寂静的街道，一切都那么安静，我们当时都沉默着，不知道应该说什么，现在想来应该是心疼吧。在金银潭的时候，步行上下班，下夜班走出医院大门，抬头就能看到咱们酒店这栋书本造型的建筑，以及那一抹亮眼的红色。书本造型，代表知识；红色，代表希望。没有告诉过你们，武汉的冬天真的有点冷，在最初的那些离开家的日子，每当半夜下班时，看到这红色大楼，心里就会泛起温暖和感动，那些灯火通明是为了等晚归的我们。还记得我们从酒店带去病房的糖果吗？那天我们问可不可以多拿些糖走，你们问要干吗。当得知是患者想吃糖的时候，你们细心地用打包盒装了两盒。有一个女患者说："真好吃，生病虽然很难过，嗯，吃个糖好甜呀！"她的笑脸我一直记得，那是我来武汉见过最温暖的笑脸了。

在这 83 天里，你们为我们做了太多太多：元宵节的汤圆，战友们生日时的蛋糕，三八节的玫瑰花，重庆的小火锅，新鲜的水果，美味的小龙虾……甚至在我们到火神山医院后，你们得知很多战友来不及吃晚饭，回酒店只能吃泡面的时候,还贴心地为我们每晚准备夜宵。其实我们都知道，疫情期间你们的很多员工都没有上班，也只有少数的人在坚守。

犹记得有新鲜的番石榴和菠萝送来时，是你们每天为我们准备新鲜的果汁，我们知道，亲手给我们榨果汁的正是酒店的经理。原谅我不知道你们的姓名，但是我记得你们的模样和额头上细细的汗珠。

我在酒店外面见过你们用小推车一箱一箱地把收到的捐赠物资搬到屋檐下，那是一个冷风吹的日子，可是你们都满头大汗，你们说要下雨了，不能让这些东西淋湿了。

下雨天，门口贴心地准备了雨伞，只要有战友走出酒店，你们都会提醒记得带伞，一定要注意安全。那一把把橘黄色的伞，撑起的是你们对我们的爱护，挡住的是滂沱的大雨和纷飞的大雪。

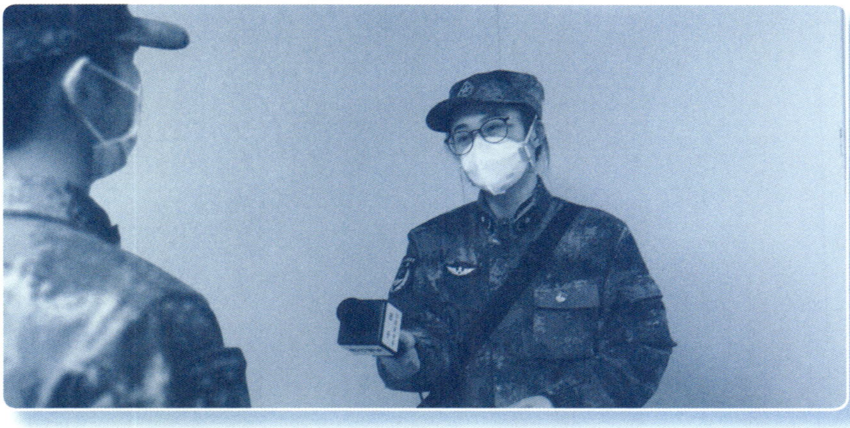

救治患者的同时，唐杰用镜头记录医务人员在“红区”忘我工作的模样

临别之际，真的不舍。大家把赞誉给了我们，说我们是最美的逆行者，其实，你们也是。因为我们坚守和奋战的每一天，你们都在。在火神山医院下班回来的班车上，一下立交桥就可以看见醒目的建筑，“回家”了，洗去一身疲惫和尘土，躺在舒服又柔软的床上彻底放松的感觉，每一个人都深有体会。住在酒店的援鄂医疗队一批批撤离，我们也曾向他们投去羡慕的目光，这次，我们终于也要回家了。只有我们离开，才证明武汉是真的恢复了生机，我们的军功章上也有你们一半。万分不舍，因为没有看过每一位和我们一起坚守的兄弟姐妹们的脸庞，但是留有一丝丝的遗憾也好，为了下次的相遇留点悬念。

最后，祝福你们天天开心。相信武汉经此一疫，定会凤凰涅槃。我的兄弟姐妹们，坚守的 83 天的点滴我们都不会忘记。庚子年，一起拼过命，不遗憾。分手时刻，我们彼此忍住眼泪，挥手告别，一切都会好起来的。再见面，一定脱下口罩认清每一张笑脸。

再见了，兄弟姐妹们！再见了，武汉！

唐杰

2020 年 4 月 16 日

华中师范大学的教师盘华是学校的应急队成员，在疫情来袭时加入了志愿者队伍。期间，她认识了一个个基层工作者——社区网格员，他们分发蔬菜，买药送药，解疑释惑，四处奔忙，为维持社区生活的基本运转而挥汗如雨。作者写信，致敬艰难中守望武汉的社区工作者。

相濡以沫，不忘恩于江湖

——写给社区网格员

盘　华

作者简介：

盘华，华中师范大学教师，中国教育技术中小学专业委员会幼教协作研究会第二届常务理事。

黄雪梅：

你好！

这次疫情让我认识了你，我所在网格群的社区网格员。如果是平日，我们应该不会有过多的交往。到现在我还不知道你长什么样，但看你戴口罩的模样，你一定是很漂亮的：长长的头发，即使身体被蓝色防护服裹住，也能看得出身材的修长。

有时候，你会叫我们几个志愿者去帮一点忙。你为社区服务，我们对你没有说太多感谢的话，好像觉得这是你应该为我们社区做的，骨子里说不清这是不是我们的一种傲慢。但我们常听见你说："谢谢你们啦，辛苦你们啦！"我也说不清这是不是基层普通职员骨子里的一种谦恭。

我不知道你是不是出生于武汉，因为不论抗疫服务中有多大问题，隔离的居民买菜、买药，物资订了又不要，买多了要退掉，还有投诉，等等，你都没有武汉嫂子的那种大嗓门，倒是常常听到你用略带歉意的声音回应说："我们再改进、改进。"

前两天，我们几个志愿者帮你到所辖楼栋未归人家贴告知条。学校的房子没有电梯，我全副武装爬了两个6层楼的门栋，不知是因为人关久了体力差，还是因为滑膜炎上下楼吃力，或者是防护服的问题，总之汗流浃背，像是要断气。贴完条，我赶紧回家洗热水澡，然后瘫在沙发上看群里的信息。

而你还在群里喊："老师们，谁手上有多的门条？我还缺几个。"想想自己，感觉很是惭愧：你还在工作，一定和我一样满身是汗。但你的家不在学校，每天骑"小电驴"上下班，每次汗流浃背恐怕也只能忍着，看你有时候衣服脱了又穿，穿了又脱，我真担心你万一病了怎么办。

大家都在家隔离，不出门感觉自己远离了病毒，出门就仿佛会撞上病毒。你们上下班穿梭于空荡荡的城市，暴露在空气中工作，难道你们心里一点也不怕吗？我想太平的时候没有什么人会过多地关注你们这些社区网格员，而灾难降临时，人们却会对你们提出诸多要求。深陷隔离痛苦情绪中的人们，也许还没有心情去体会你们此时的珍贵，但正是你们这些最朴实、最低调的网格员们在维系着城市民生最基本的运转！在每一个困难的节点，你们像一朵朵小花在我们面前摇曳，让我们觉得人间就是人间，应

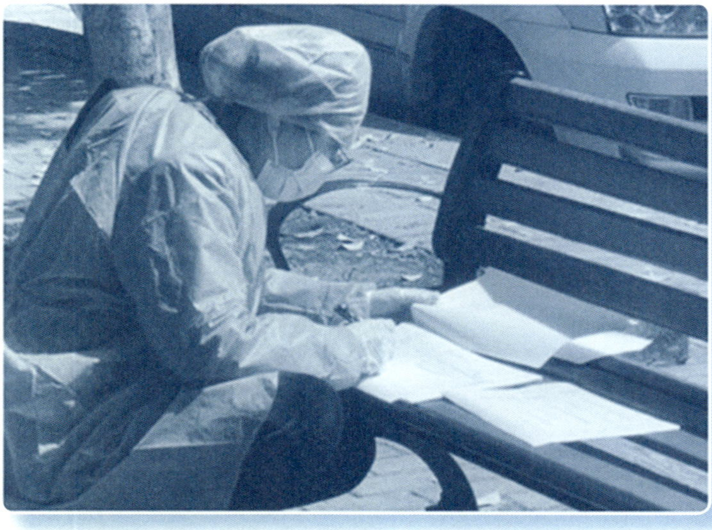

社区网格员黄雪梅在疫情期间工作

该相濡以沫，不忘恩于江湖。

写到这里已是凌晨1点，一天工作下来，我想你应该早就躺下睡着了。忽然想起《在水一方》："绿草苍苍，白露茫茫。有位佳人，在水一方……"病毒如洪水一般，把我们冲得七零八落，但是在水的一方，那一个个普通的人，你、她、他尽力把我们聚拢，让我们安心。

希望疫情早点过去，让我们沐春风、浴雨露，让你们这些社区网格员不必如此为我们这些健康的、还能自理的、还能行走的人挥汗如雨地劳苦。在这里，我想感谢无数个像你这样的网格员！谢谢你们无惧无畏的付出，感恩你们的守望相助！

祝你平安！祝乡亲们平安！

盘华

2020年3月12日深夜于武汉桂子山

留守武汉的外卖骑手老计，在疫情期间接了许多不同寻常的单子——还充电宝、给老人送药品、帮忙找猫……天天穿梭在武汉的大街小巷，在“计六一六”的微博账号上更新“武汉日记”，他却想对几位武汉嬢嬢说“对不起”。

写给被我“拒绝”的武汉嬢嬢
——外卖骑手的道歉信

吴　辉

作者简介：

吴辉，网名“老计”，外卖骑手。

几位嬢嬢：

你们好！

今天是武汉封城以来，我送餐的第 44 天。这 44 天，我几乎整天在安静无人的街头巷尾穿梭。我的工作是为居留在家的人们送饭、买菜、送药，有时也会收到订单帮忙找猫，或帮猫铲屎。虽然只是一名普通的外卖员，但穿着明黄色工装服为人们的生活奔走，让我一直觉得，自己为这座“生病”的城市做了一点事情。因为，您瞧——这座城市也有了一抹亮色。

可我心里知道，我有些对不住你们。

很多天前，我送单回来的路上，在路边遇到您——一个微胖的嬢嬢。您说您要去徐东，在这里等车。往日车水马龙的友谊大道，此时却很安静，除了我俩，看不见其他人，也没有几辆车，您等的出租车更是一辆也没有出现。您期待的目光看向我和我的车。

是的，我的电动车能载人，我的身体也还不错。可是，您的情况我不了解，万一……

我不敢冒险，在这座城市我还要工作，还要去送餐。于是我可耻地加快车速，逃离了您的目光，只能在远远的角落偷偷拍下您孤单的背影，好让自己记住这一刻。

嬢嬢，不知道您后来有没有等到车，但我永远地记住了：2020 年某一天的中午，在武汉最繁华的一条大街上，一个嬢嬢没办法到3公里外的一个地方去……

我是一名外卖骑手，骑着一辆“小电驴”，奔跑在这个繁华都市的大街小巷，把一份份外卖送到小区，送进高楼，送去灯红酒绿之地，在我看来，这就是我在这个城市生活的全部。但是我却难以送您到3公里外您要去的地方，只是送您3公里啊，在平时这是多么简单容易的事，但此时……

此时我只能向您道歉！但是说实话，在这个时候，我并不知道究竟是谁错了，也许都没错，也许都错了。都怪这可恶的病毒吧！

后来我又遇到了另一位嬢嬢—— 一位独居在老式小区的老人。您刚做完心脏手术，不会上网买东西，也不敢出门。我帮您女儿给您送生活物资。您住的小区曾经更改过楼栋号码，我费了很大的劲才找到您住的地方。我把东西放在门口，您收到以后很高兴，我特意拍了张照片给您女儿。

送餐前消毒

过了几天，再去给您送物资，却发现您小区的门已经全部封闭，我进不去了。无奈之下，只能联系您在临街的后窗垂下绳子，再把物资吊上去。我把装了各种东西的大袋子分成几个小袋子，然后一袋一袋系在绳子上，让您拉上去。我以为东西已经很轻了，可是您拉绳子时依然很吃力。我仰着头，想使上劲帮帮，但是隔着几层楼的距离，我无能为力。

我不由得想，住在 5 楼、6 楼或更高楼层的其他嬢嬢怎么办？！此刻，我记住了：2020 年的武汉，有一个嬢嬢要用绳子把自己需要的东西拉上楼，拉回家。

后来我遇到了第三位嬢嬢。那是在一个晚上，天已经完全黑了，我着急送单，骑得很快。经过杨园南路，看见几条流浪狗追着您叫得凶狠，您怀里抱着一只泰迪犬，快步往前走。我已经骑出去挺远，但觉得不对劲，就停下来，调转车头，大声问："没事吧？"您愣了一下，对我说："没事，谢谢啊！"我放下心，准备继续走，这时候听到身后的您又大声地说："谢谢你啊！"

一句"谢谢"，我有些愧不敢当，但在武汉的夜晚，我的内心被深深震撼，感动不已。作为一个身强力壮的年轻人，我曾在街头"无情"地拒绝过您，曾无法帮您把物资送上门，没有在您被流浪狗围困的时候及时停下脚步。但我也曾经，用一句问候，换来您真心的感谢。

武汉，还是蛮有味的，是吧？

外卖骑手吴辉

2020 年 3 月 1 日

2020年1月23日，高柏兰与丈夫同时确诊新冠肺炎，在与自己相濡以沫36年的丈夫不幸离世后，高阿姨消沉低迷。在河北医科大学第三医院护士宁艳婷的细心开导下，高阿姨终于走出阴霾，在离开江岸方舱医院后，给艰难时刻朝夕相处的“家人”写了一封信。

劫难中的我有了坚强的理由

——新冠肺炎康复者写给援汉护士

高柏兰

作者简介：

高柏兰，湖北省武汉市江岸区辅读学校高级教师，从教38年。1999年转型从事特殊教育工作，曾获全国模范教师、五一巾帼奖等荣誉。

艳婷：

你好！

夜深了，睡不着，想你！回家一定感觉很幸福吧！此刻坐在飘窗前，我又拿出我俩的合影，只看到你的背影，那样有力和温暖，足以暖化我心中的坚冰。我的泪水从眼角滑下。

1月23号我们夫妻双双被确诊感染新冠肺炎。我的爱人在2月9号离开了这个世界，离开了他深爱的城市，离开了用生命呵护的家庭。我觉得如同坠入地狱一般。记得疫情刚暴发那会儿，医院住院床位急缺，我们确诊后在一家酒店待了17天，自我疗伤，自我隔离，最终用完了匆忙准备的食物及费用。

回归社区后我被安排到方舱医院隔离。去之前，我看过有关方舱的报道，觉得是虚假宣传。走进方舱，生活在方舱，看到医患亲如一家，病患情同手足，我才知道这是真实不虚的。

尤其是你，跟我讲你父亲去世不到百天，不吃不喝多日的母亲，听到你要来支援武汉时立马支持！

还有你的战友小刘，来武汉后发现有了身孕，虽不能走进方舱，但坚持与我们在一起，用微信与病患做一对一帮扶。我就是她帮扶的对象之一。每天，她在微信里嘘寒问暖，买零食慰问。我和你从没见过面，相约离汉上飞机前，在微信上见，这一见，就是离别。当你在镜头中出现，叫了一声“阿姨”时，我从甜润的声音和温柔灵动的眼睛认出你了！

就是因为在生命劫难中遇到了你们，让我有了坚强的理由，让我悲伤的脸上出现了笑容。你们不是亲人胜似亲人！你们也是父母的儿女，也是夫妻的另一半，也是孩子的爹和妈，却不计报酬、不论生死地赶赴武汉，完成白衣天使的使命！你们的到来让在生死线上挣扎的无数武汉人，从死神的手中逃了出来，让健康的武汉人心里踏实而有依靠！

你在返程隔离期还牵挂着我的健康，微信邀约我在全国恢复正常后去石家庄，你们一家人都将陪我。我心里暖暖的。你提出要我亲手画一幅画给你，我知道，你这是用心让我转移注意力。就是在这样的陪伴鼓励下，8 号我们来到长江新城康复驿站。这里的环境和条件比方舱医院更好，我们的身体也一天天恢复了。我申请做了志愿者，参加丰富多彩的活动，在这里，我每天都过得充实、快乐！

今天我回家隔离 14 天的期限已到，又想你了，我对后面的生活也有了新的计划。请代我向你妈妈问好！向所有为病患拼过命、付出真诚和热血的天使般的医护人员致敬！祝福你们一生平安，家庭幸福！

高阿姨

2020 年 4 月 4 日

大庆油田的一名员工安然，在疫情期间一直坚守岗位，为这场抗疫战争保障后勤。站在37000平方米的土地上，坐在嗡嗡吟唱的泵房里，她发现自己是多么热爱这个工作，热爱自己身后的家人，在深夜的值班室里写下这封书信。

在37000平方米的土地上
——油田工作者写给妈妈

安 然

作者简介：

安然，大庆油田工作者，黑龙江省作家协会会员。作品发表于《诗刊》《文艺报》等国内外报刊。

亲爱的妈妈：

现在已是深夜时分，我坐在值班室温暖的灯光下给您写这封信。此时室内灯光明亮，泵房里机泵一如往常嗡嗡吟唱着，这一切都是那么熟悉，熟悉得让我心安。可我知道，此时的您是焦虑的，也是害怕的。

此时此刻，突如其来的疫情也波及我们这座偏远油城，从最初的肇州，到让胡路区，再到萨尔图区……至今大庆出现的20例确诊患者中，我不知道有多少是同我一样的油田职工，甚至不知道每日生活在我们身边的同事、朋友乃至自己，会不会就是下一个感染者。从没经历过这种突发情况的我们，有几分惊慌。

但因为生产的需要，我们不能像其他人一样宅在家里，远远地躲避这场疫情。就在全国人民都“猫”在家里清修的时候，朋友听说我正在上班，有些惊讶地问：“全国人民都在休息，你还到处乱跑？你逆行啊？”

我说：“嗯！我是最美石油工人！”然后又开玩笑，“每到上班时，37000平方米的土地一共就我们7个人，不拿对讲机的情况下，喊话都不一定能听得到，病毒就是想顺着口水跑到对方面前，不累死也冻死了！”这原本是一句玩笑话，可我却突然发现，原来我很爱这份工作，很爱这个岗位，很爱我的这些石油兄弟姐妹，只是它隐藏得太深了，直至一句“逆行”才勾起了我的情感。

妈妈，您不止一次地问我，全国人民都宅在家里怕得病，我这么天天上班安全吗。我说“安全，我们上班比在家里都安全”。此前这么说只是为了安慰您，可现在，我确信我说的是心里话。在许多地区一度“一罩难求”的情况下，单位竟用最快的速度将购买的口罩发放到我们手中。拿到口罩的那一刻，我有点感动，有点骄傲，更有点安心。这口罩让我们在不得不面对风暴的时候多了一重防护。这重防护，不仅是身体上的，更是心理上的。我们的工作，真的很安全。

其实，妈妈，我最担心的还是你们，我最想做的就是保护你们，因为你们是我一生的挚爱，是我发誓要守护一生的人。所以，好好保护自己，保护孩子，别让我担心，好吗？虽然疫情在不断地向这座城市扩张，但我们的日子还得如平常一样过，这不，怕您寂寞，怕您不放心，我们不是已经把您的宝贝孙子当成礼物给您送去了吗？我知道，有他在，您的生活会有更多的乐趣，我们也可以放心工作了。可还请您不要太过溺爱他，男孩子其实应该承担些风雨，这样才能长得更结实，也才能在危难来临时像个真正的男人一样挺起胸膛。

妈妈，请您相信，经过这样一场没有硝烟的战争，我会更加懂得珍惜——珍惜健康，珍惜时间，珍惜感情。妈妈，感谢您给了我这有且只有一次的生命，给了我爱的源头！

女儿然

2020 年 2 月 18 日凌晨

这是河北邯郸的一名小“战士”——一位基层公务员，写给成安县父老乡亲的信。看到辖区在疫情期间可能出现的松懈和大意，她揪心又着急，用文字述说防疫成果的来之不易，希望乡亲们共同努力，用一撇一捺共同支撑起“人”字的伟大。

“人”字的结构就是互相支撑

——基层公务员写给全县父老乡亲

王嘉威

作者简介：

王嘉威，河北省邯郸市成安县委组织部公务员，邯郸市作家协会会员，作品见诸《人民日报》客户端、河北共产党员网、《河北农民报》等媒体。

各位成安县的亲人：

这个新春，我们过了一个特殊的年。昔日熙熙攘攘的广场，如今空无一人，我仿佛能听到它低沉的叹气声；以往拥挤不堪、只能徒步穿行的街道，如今商铺关门，车辆都可以顺利通行。华灯初上，我独自穿行在灯海里归家，不见车舟、不见行人，空荡得甚至能听到自己的心跳。那在泪眼里流动的灯火，像极了城市哭泣的眼睛。原来我竟如此怀念汹涌的人潮，怀念满城的喧闹，怀念这人间烟火。

这几天升温，春景正在这片肃冷的大地上徐徐展开，我知道在家待了许多天的亲人们已经有些难耐，想要出门踏青，感受万物复苏。

但是亲人们，请少安毋躁，不要放松警惕。这些天治愈病例不断增多，大家都松了一口气，但却万万不能麻痹大意，以为不需要防控。想想那些为了46万成安百姓的生命安全，冲锋在一线的逆行者们。相比您在家看书、看电影，这些坚守岗位的人远比您想象的要忙得多，要危险得多。那些舍小家顾大家的基层干部，无惧天寒地冻、疫情肆虐，在寒风中站岗，在鹅毛大雪里吃泡面，睡在辖区门口的帐篷里。我不知道他们是谁的父母、谁的爱人、谁的儿女，不知道他们的家人知道后会有多心疼，我甚至都不知道他们的名字。

但，谁的背后不是一大家子的亲人？谁舍得自己的父母、爱人、子女，吹着冷风、冒着大雪守在村口、小区辖口？谁不是在盼着亲人平安归来？在抗疫的战场上，基层干部们以血肉之躯筑成一道病毒与群众之间的防疫墙，我们怎能让英雄流血流汗又流泪呢？请别让这么多人的努力功亏一篑，请别麻痹大意，这场战斗要靠每个人的努力，有你，有我，有所有的国人。

“人”字的结构就是互相支撑。各位亲人哪，您在家是在参加一场没有硝烟的战争，每个人都贡献着一份微小力量，可正是这萤火般的力量才能汇成火炬、凝聚成太阳！请珍惜这段与家人相伴的时光，放下应酬，放下焦虑，弥补平日亏欠的陪伴。这些，不正是我们在忙碌的日子里最渴求的吗？

有人问：“疫情结束后，你最想见谁？”我的答案是：我想见到人民广场互相搀扶着散步的爷爷奶奶，我想见到跳广场舞的叔叔阿姨，我想见到木质长廊里牵猫遛狗的少年，我想见到跌跌撞撞扑在父母怀里蹒跚学步的孩童，我想见到成安县葳蕤灯火背后的每一张面孔。

你看哪，春天已经来了，我亲爱的朋友们，待到打赢这场战“疫”，趁着朝阳初升、山花烂漫，那时我们再结伴去如意湖踏青，对酒当歌，踏歌而行。愿奋战在一线的“战友”们都能身体健康、平安回家。

一名小“战士”

2020 年 2 月 18 日

大年三十，基层干部张世洲连夜从老家赶到单位，坚守疫情防控一线。他的女友向卉得到消息后，"怜而念君"，以一纸情书，遥寄彼时已经加入战斗 40 多天没有休假的张世洲，为恋人的基层防疫工作加油鼓劲。

愿天下承平，相思无虞

——致防疫一线的恋人

向　卉

作者简介：

向卉，华中师范大学古代文学在读研究生。

世洲爱鉴：

暌违日久，思何可支？别后萦思，愁肠百转。

吾与君别，一月有余。遥记当日，垂岁末，备节食，寒梅动春意，街巷沸人声。与君相约新时逢，共赏春景如月天。天下承平日久，民安国富，垂髫佚乐，黄发颐年。奈何疫鬼作祟，祸及四方。医馆比肩叠迹，街衢人踪几绝。人或掩面疾行，了无存问，或闭户居室，拒纳宾客，惧疫而远避之。国逢此难，无不顿足疾首，拳拳以叹。幸万民齐心，城封而得控，济薄力以跨蜀道，援纤手以涉险滩。医者怀仁心，兵者着戎装，吏者负使命，民者赠真情。父母亲友噙泪相送，志道同者比肩前行。远征至荆楚，置身于疫场，亲疏不别，生死不惧。

守岁未卧，爆竹将歇，君已整装待发，赴职一战。自君卒业于江城，解青衿，着皂服，趋奔乡关，敬黎恭民，未遇如此之峻势。是夜，闻君既行，吾翻覆难寐，知尔归期难测，又患尔身陷危难。问君惧否，君谓似一无形之力而推之。吾无一止君之语，而言君担吾辈之责，必身先士卒，勿负国之恩，毋忘吏之职。非吾悦君未甚，因吾亦为党之子，当前家国大义而后儿女情长。吾伴君五载有余，窃知君虽行止由心，喜于戏玩，然凡遇正业，旋而束其性，以笃真之态处之。故吾怜而念君，唯忧君操之过甚，不顾己身。

三月已至，辛夷才谢，小桃又发，而荆楚之地尚无赏春之人，江城瑟瑟，黄州凄凄……君于秭归城内，已连日执守四十天有余，朝披星而出，夕戴月而归，吾未闻丝毫之怨，心甚慰矣。抗疫之战，何其艰辛，君非一人，战非一处。疆内，医展"为天地立心，为生民立命"之圣手，民怀"位卑未敢忘忧国"之赤心；域外，远洋赠"山川异域，风月同天"之资，跨海传"岂曰无衣，与子同袍"之情。君既归秭当胥吏，莫忘昔日誓初心。吾弗能助君于阵前，但求策君于马后。君虽乡中小吏，难系万民，然身微言亦重，位卑势可长。愿君居其位不骄，担其职毋怨。视民为亲，敬而爱之立清风；待亲如邻，友而疏之正廉明。时疠疫仍盛，为察君之品性，匡君之德行，君须谨记为吏之本，惠民于疫乱，济人于水火。言虽出自女儿口，望君毋嫌语之稠。

吾盼冰霜冽雪速而逝，清风明月遂以回。届时，君且踏暖阳盎春，披金光银甲而归。吾备薄酒之宴，为君接风洗尘，共祝剿疫凯旋，贺重逢之期，再续昔时之约。

情长纸短，不尽依依，手此奉复，盼君安好。

慕君之卉手书

庚子鼠年二月十三日灯下

武汉儿童医院的王雅倩护士瞒着年迈的父母，报名参加一线隔离病房的工作。她的爸妈在报纸上看到女儿所在医院成为收治新冠肺炎儿童的定点医院时，她说：“我在休息，不在医院。”爸妈在电视报道上似乎见到了女儿的背影，她说：“那是我同事！”在隔离病房的两周工作结束后，王雅倩才写信告诉爸妈真相。

我不想做战场上的逃兵
——武汉护士写给爸爸妈妈

王雅倩

作者简介：

王雅倩，湖北省武汉儿童医院风湿免疫科护士。

亲爱的爸爸妈妈：

你们好！

这段时间你们的身体都还好吗？每天你们通过电视，看到的都是有关疫情的报道，是不是也在为我担心，眼里常含着泪花？

在微信里你们一次次问我是不是也在一线，我一次次地告诉你们没有，为的是让你们的心稍安。可是，亲爱的爸爸妈妈，请原谅从未骗过你们的女儿第一次对你们撒了谎。

疫情突发，我和科室的同事们都取消了休假，在护士长的带领下，第一时间集结。我们每天和时间赛跑，和新冠病毒搏斗。穿上防护服，我们就是一名战士，前面只有一条迎战新冠病毒逆行而上的路，否则就是一个逃兵。

我知道，你们一定不希望自己的女儿是一个战场上的逃兵。这段日子，我看到日夜奋战在一线的护士长和老师们被汗水浸透的护士服，看到她们脸上深深的印痕，看到她们眼中始终给予患儿的笑意……她们给我上了最生动的一课，告诉我一个真正的护士应该怎样去做。我已有足够的真心、耐心、诚心、爱心、决心、信心，我愿意用尽我所有所学去护理患儿。

亲爱的爸爸妈妈，今天，在这个特别的日子——我暂时走出隔离病房的日子，我想告诉你们：你们的女儿已经长大，已经是一名经历过考验的

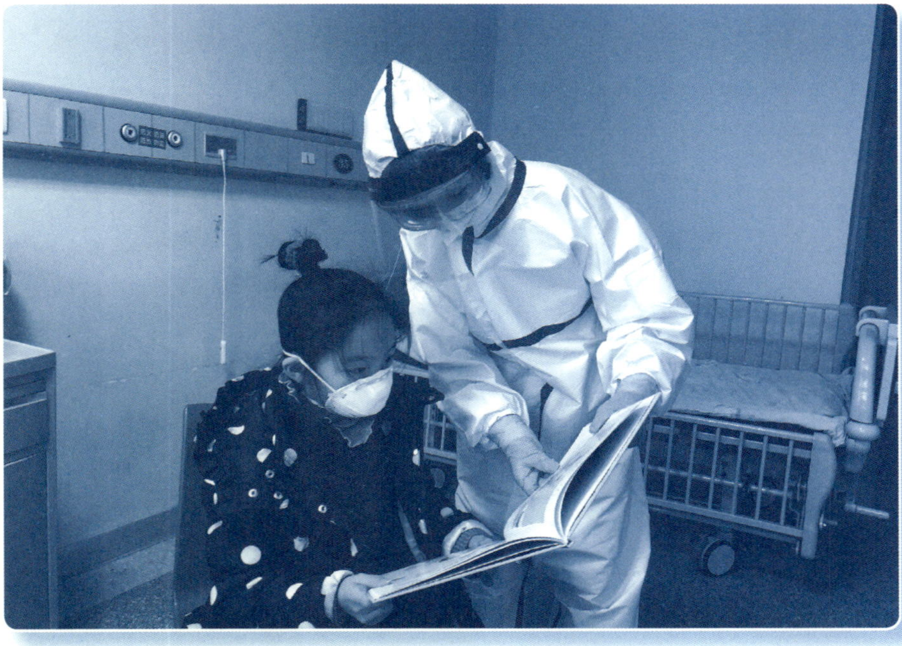

王雅倩护士陪伴患儿

战士。请别责怪女儿事先没有和你们商量，我知道你们一定会不放心、一定会舍不得。现在，我相信，你们知道我的选择后，一定会为我感到骄傲！

我现在真的很好，请你们放心，我们的防护做得很好。当前防控任务还十分艰巨，我会和临床科室的老师们一起坚守岗位，互相激励，排除万难，救治患儿。

亲爱的爸爸妈妈，请为女儿祝福吧，祝福我们所有一线的医护人员健康平安，祝福我们护理的所有患儿早日康复，祝福我们早日战胜疫情换来全国人民康健，祝福我能与你们早日团圆。

我爱你们！

你们的女儿王雅倩

2020 年 2 月 14 日

2020年的春节，许多地方按下了暂停键。可环卫工作停不了，寒风凛冽的除夕夜，一名穿着橘红色外衣的环卫工大姐依然在安静地工作，维持着环境的洁净。疫情期间，有无数这样的无名“战士”在努力着，替我们负重前行。

在不见车辆与行人的道路上

——写给一位环卫大姐

张云雪

作者简介：

张云雪，小学语文老师，作品发表于报刊及网络平台。

尊敬的环卫大姐：

你我素昧平生，往昔虽对你们有敬意，但各自奔忙，以平行线的模式各自栖息于这座小城的一隅，若不是特殊时期，今生也许无缘关注与牵念。

1 月 24 日除夕夜，武汉封城次日，咱山区小县的乡亲也已感到疫情的严重性。往年这时节，环城路拥挤不堪，许多赶路的人急得发怒；而此刻，路上除了您在扫地，不见车辆和行人，两排店铺大门紧闭，昏黄街灯下的中国结泛着寂寞的红光。街边并排着的垃圾桶"盆满钵满"，周围满地狼藉，各色一次性口罩混在其中，污迹斑斑。冬天没有苍蝇蚊子乱窜，但隔着口罩，还是有难闻的气息渗进鼻翼。

这时，出现了您瘦小的橘红色身影。您已把马路上的垃圾清扫干净，准备清理垃圾桶周围。我离您的垃圾车有两三米远，俯身系垃圾袋时不经意瞧了一眼，您与我短发相仿，年纪相仿，消瘦相仿，不同的是我只露出双眼，其他部位都捂得严严实实，而您衣衫单薄，连羽绒服都没穿，一次性口罩罩住眼下面部，双手戴着建筑工人搬砖用的那种白色棉线手套，已是最小号的环卫服，在您身上仍显宽绰。

我用力将垃圾扔上车，旋即逃也似的迅速退出几米开外，生怕被车内垃圾上乱飞的"新冠病毒"粘上，我知道这不可能，但本能使然。同时心里咯噔一下：环卫活既脏又累，疫情期间特别危险，您的小身板承受得了？

嚓嚓嚓嚓，几铁锹下去，您的动作娴熟利索，把我对您的担忧也铲得踪影全无。铲完地上，您再把垃圾桶各铲一个凹槽，以便在垃圾场车辆到来之前，居民有地安放再送来的垃圾。最后您打扫完遗落的垃圾，赶往下一站继续与小山似的垃圾酣战。可是您走几步却停下了，左手从口袋里掏出纸巾擦额头，右手扯下口罩上沿，把整个口罩贴在下巴，弯腰拉起推车就走。

您脸上也许正在淌汗，抑或是戴着口罩干活憋气，可这是非常时期，我赶紧对着您的背影喊：“大姐，您要戴好口罩，脱口罩清垃圾危险！”隔层口罩的声波曲里拐弯，已被寒风碎成齑粉撒向将黑的茫茫夜空，有些落在您的背后，有些早已消失在您匆忙的脚步里，大概还有可怜的残余尾音飘到您耳际，只是已分辨不出意思。

您回头看了一眼垃圾桶周围，走了。我瞬间泪眼迷蒙：您一定觉得我在提醒您还有垃圾需要清理，您唯一想到的就是给大家一个干净整洁的环境，传染新冠病毒的风险已不在您的思考范围。

寒风吹，我要赶紧回家，您橘红色的身影即将消失在落寞街灯深处，但如一抹春色温暖着严冬的街头，给人以希望。

很庆幸，我们县在 2 月 15 日被评为福建省 28 个无疫情区之一，由此，我对您的担忧可解，但我还是希望，您和您的同事们在做环卫工作时，一定注意保护好自己。愿人间皆安、山河无恙的日子早归！

张云雪

2020 年 2 月 15 日

这是一封写给挚友的信。挚友虽然因病致聋，但疫情之下，毅然投入社区工作中，而患有眼疾的作者也在挚友影响下成为社区志愿者。疫情让两人的友谊更加亲密，也让她们和武汉这座城市的联结更加紧密。

我与这个城市的联结，又紧密了一些

——社区志愿者写给"小巷总理"

晚　晴

作者简介：

晚晴，企业文职员工，喜欢阅读和行走，也喜欢参与公益活动，对世界充满好奇，笃信山长水阔。

振振：

你好呀！读到我的这封信，是不是觉得很惊讶？其实我也感觉写这封信有些唐突，可是每次看你在朋友圈里发的动态，感到大疫之下，社区工作者太辛苦了，尤其是你，还听不见，就想跟你说说话。

我们初识的情景，还记得不？是在残联的一次活动中，你正好站在我旁边，面对我的提问，你指了指耳朵，摇了摇手，然后飞快拿出手机，意思是加个好友，于是微信聊天成了我们交流的唯一方式。

我们都是有缺陷的人，你近几年因病致聋，我是先天性眼疾，视力慢慢变差，不过站在人群里，我们看起来都跟正常人一样。或许正因为相同的际遇，我们渐渐成了朋友。

你知道吗？我很喜欢看你的朋友圈，你看过的书、做过的事、陪女儿参加的一次次活动，你都仔细地记录着。很平凡，很细碎，也很温暖。偶尔我们也会聊聊天，多的是互相鼓励和加油。或许人的生理和心理真的有互补性吧，当生理有缺陷时，心理反而会更坚强。

这场疫情，猝不及防。最初，我们的朋友圈发的多是求助信息，上不了一线，但可以通过这种方式，守护我们的城。间或是平常的生活记录，今天的午餐，从窗口望下去的无人的街，所有这些都只是想告诉很多外地的朋友，勿念，我们都安好。

后来，你上班了，我看到一个忙碌在社区一线的普通工作人员的日常——我想，这也是武汉市社区工作者的一个缩影吧。你们要拉网排查、小区消杀，要负责解决居民的各种问题，求菜、求病床、求帮助……偶尔面对不理解，甚至质疑，你也会发朋友圈，求理解、求安慰。你笑称终于明白为什么要称社区工作者为“小巷总理”了。

你说你戴手套实在不方便，于是每天无数次用酒精和洗手液来给手部消毒。正准备跟你联系，叮嘱一定要戴上手套做好防护，却突然想起来，居民与你沟通需要用语音转换成文字，戴手套是没法操作手机的。

你说给社区里的残疾人送蔬菜，人家对你挥手致谢，你都会感到高兴，其实你不也和他们一样，需要帮助和关怀吗？最让我揪心的，是你和女儿的聊天记录，你提醒独自在家的孩子记得吃面包，后来你干脆早上就把饭菜做好，“总不能让女儿天天吃泡面和面包吧”。我流泪了。

看你在繁忙的工作之余还坚持每天学习，我也找出了专业书籍。面对来势汹汹的疫情，你发了张《论持久战》的封面，我笑了，因为我也正在家里看《长征》。你知道吗？在你的影响下，我也参与了我们小区的志愿活动，帮忙消杀、给独居老人送菜等，还积极捐款、联系物资，做的事很小，却让我觉得，自己与这个城市的联结，又紧密了一些。

从阳台望向外面无人的街，真的好怀念那个车水马龙、一城烟火气的武汉。作为这个城市的一分子，我们唯有坚持着、相互鼓励着，守着武汉慢慢恢复、慢慢痊愈。我相信，那一天不会很远。到那时，我们可以带着孩子，在阳光下自由地呼吸！

请保重身体，务必做好防护！祝平安！

晚晴

2020 年 2 月 22 日

2020年1月23日，接到承建火神山医院命令的孙斌，日夜酣战，成为“中国速度”的缔造者之一。但在这一位“基建狂魔”开足马力的背后，是漫长的无法和孩子团聚的时间，他写下此信，想和孩子好好聊聊天，告诉孩子一位基建人的职业担当和迫切心愿。

在刀尖上行走

——火神山医院建设者写给儿子

孙　斌

作者简介：

孙斌，湖北省武汉市城乡建设局质量安全管理处副处长。

亲爱的儿子：

你好！

算起来，爸爸正月初一之后就没有回过家，今天正月二十七，才和你第一次见面。那是爸爸在回办公室的路上，顺路到家里拿体温计，你在 3 楼的窗户上露了个头，我们才算是见了一面。你在作文中说，爸爸在火神山医院的建设工地上干了什么，你不知道；回来后一直在办公室隔离，你不理解；之后又有什么新的任务，你想知道。

现在，爸爸就来回答你的这些问题吧！

时间回到 2020 年 1 月 23 日，那天爸爸先参加了一个紧急会议，会后就直接去了位于蔡甸区后官湖旁的武汉职工疗养院，在那里要再建一个"小汤山"——武汉火神山医院，当时还没有取名。

爸爸的单位成立指挥部，组织现场施工。时间非常紧，从 1 月 24 日凌晨拔掉高压电杆到 2 月 3 日凌晨接收首批病人，只有短短的 10 天时间。工程量巨大，参与建设的单位达 100 多家，现场参建人员达到 7000 人。平整场地的那两天，用无人摄影机从高处看，那成千上万辆外围拉货的运输车和场内施工的各种机械就如同蜜蜂一样，密密麻麻！这样一个传染病医院要在春节这个特殊时间和极短时间内建成并交付使用，组织协调、开工建设的难度是你无法想象得到的，那就是"在刀尖上行走"。但不管多难，办法总比困难多，就像你云监工时看到的，建设现场几个小时就变个样，工程极速推进。

那几天，爸爸工作很用心，浑身都有使不完的劲，每天只睡三四个小时，最紧张的时候两天一夜没有合眼，每天要走两万步左右，有几天裆都磨烂了，路也走不成。指挥部其他人各有各的任务，都十分辛苦，有些工作人员在抢氧气站工期的时候熬了几个通宵，他们是爸爸的榜样。正因为爸爸在工地上的 18 天，天天与来自各地的人打交道，害怕将病毒带回家，2 月 10 日回撤时宾馆也没有开门，只有回办公室自我隔离。

在隔离期间，爸爸的新任务是加入市医院改造专班，改造医院。你可能又要问，不是建了两个医院么，还不够？是的，仅仅两个医院是远远不够的，在建两“神山”医院的同时，市防疫指挥部还在建设方舱医院，征用大学宿舍楼和酒店，改建和扩建一些医院。不管是新建还是改建、扩建，爸爸所在的单位都责无旁贷。

好了，亲爱的儿子，爸爸今天算是好好地跟你聊了天，要记得每周收看《中国诗词大会》和《经典咏流传》，那是爸爸布置的唯一作业。同时，这段时间爸爸不在家，你要像男子汉一样照顾好妈妈。

爸爸

2020 年 2 月 20 日深夜

2020年1月20日，刚刚回到老家的姚佳接到医院的返岗通知，便立即将孩子留给老人，孤身返回武汉。姚佳和婶婶关系亲密，当初选择护理专业也参考了婶婶的建议。在一线工作期间，她偶尔会和婶婶倾诉自己的恐惧和压力，婶婶也时时刻刻在后方为她牵肠挂肚。那些担忧、骄傲和祝愿，最后成为婶婶写给她的这封长信。

听，这是武汉人民彼此鼓励的声音

——写给护士侄女

刘早早

作者简介：

刘早早，中国三江航天集团红林公司职工，从事管理工作，中共党员。

姚佳：

你好！

每年的春节，家人们的团聚都会因有你而倍感温暖，哪怕你只能与大家相处一天，这一天也会是我们假期最欢乐的一天。因为你开朗热情，就像一团明亮的火焰，可以驱散我们心头的阴霾。

而今年的春节，你又成了让我们牵肠挂肚的人，因为一场突如其来的疫情，因为你的白衣天使身份，你今年好不容易争取到的假期，变成了冲锋一线的坚守。

1月20日，听说你回了一趟松滋，安顿好孩子后就赶回武汉了，我们心里不禁一沉。从你口中得知，形势很严峻，你们医院被征用为发热患者定点诊疗医院，1月22日腾出所有病房进行改造，医护人员随时待命，半小时需到岗！那一刻，说真的，我心里有好一阵子难过，是我建议你选择护理专业，把你推到了风口浪尖……而你坚定地说："二妈，你们不用担心，疫情面前，不惧怕、不恐慌，沉着应对就好，我会做好个人防护的！"

虽然我们心里稍稍安定，但当我听你讲到，有一次一个患者呼吸管堵塞严重，里面的分泌物一下子被呼吸气流冲出来，直接喷到你身上的时候，我的心都提到嗓子眼了。那一次，你自己要求最后一个脱防护服，因为你断定自己的防护服污染严重，必须万分谨慎地脱下它，这样会花好长时间……听你讲述这些经历，我坐在家里都浑身发冷，而你次日还要照常上班，安慰我们说没事，你会保护好自己。

我知道你打小就是一个心地善良、充满爱心、积极上进的孩子，从你在大学时递交入党志愿书，从你很早就成为一名无偿献血者，从你总能与同事室友和睦相处，从你对长辈们的尊敬孝顺……这方方面面的成长，我们都看在眼里。所以你这次的义无反顾、迎难而上，我一点都不意外，并为有你这样一个好侄女感到骄傲！

1 月 27 日，你在日志里写道："既然不能逃避，何不勇敢向前！这也是一段难忘的经历，经历也是一种成长，我会越来越勇敢，越来越坚强！看，这是我比剪刀手的样子；听，这是我们武汉人民彼此鼓励的声音。加油，武汉！等这一切过去了，我一定要休个长假，我要去海南！"

我突然惊喜地发现，不知从何时起，你已经从一个柔弱的姑娘，变成一个勇敢的战士了！

你说等疫情结束后，要去海南看看大海，我相信你的愿望很快就能实现。因为在这场战"疫"中，你们并不孤独，全国各地的医疗团队和物资纷纷驰援武汉，形势正在日渐好转！

你 4 岁的小宝贝、你的罗先生，还有你们的海南之旅，都在不远处等着你！祝你一切安好，早日战胜疫情，平安归来！

你的婶婶

2020 年 3 月 1 日

2020 年 2 月 7 日下午，湖南中南大学湘雅医院第 3 批援鄂医疗队出征奔赴武汉。收到驰援通知的当天，湘雅医院重症科主治医生赵春光就剃了光头，以适应重症病房的工作。但病毒狡猾，为防不测，赵医生写此信告知父母，道声声亏欠，问一句平安。

领国命，赴国难，纵死国，亦无憾

——湘雅医院援鄂医生致父母

赵春光

作者简介：

赵春光，湖南省湘雅医院重症科主治医生，湘雅医院第 3 批援鄂医疗队队员。

父母大人敬启：

儿领命离湘赴鄂，已有一周，衣甚暖，食颇饱，眠极安，父母勿念为盼。

疫事一起，情形颇烈，武汉三镇，尽为病土。儿自领命，无一日不着白衣，无一日不在前线，施针药，救死伤，施我所学，冀有所得，不敢半点儿戏，不敢一丝懈怠，唯望不负二老所嘱，医院所托，国家所命。

常忆我父，着戎装，执甲兵，护卫南国天空，兵锋所指，宵小不敢窜犯；念我母，供三餐，勤耕织，耳提面命，受形秉气，养育之恩，日日挂怀。犹念垂髫之时，父母命我行正步，敬军礼，望我从军报国，以承父业，孩儿顽劣，未进行伍，唯报国之心，时时不敢涣散。今疫事一起，儿自请缨，蹈火而行，生死不念，唯忧我父，溽不知热，唯虑我母，寒不知冷，星汉两城，相隔甚远，不能绕膝床前，儿颇念之，但喜吾妻甚贤，可解二老孤怀，所需所命，可尽驱使，儿虽远离，亦如膝下。

此役，万余白衣，共赴国难，成功之日，相去不远，苍苍者天，必佑我等忠勇之士，茫茫者地，必承我等拳拳之心，待诏归来之日，忠孝亦成两全；然情势莫测，若儿成仁，望父母珍重，儿领国命，赴国难，纵死国，亦无憾。赵家有死国之士，荣莫大焉。青山甚好，处处可埋忠骨，成忠冢，无须马革裹尸返长沙，便留武汉，看这大好城市，如何重整河山。日后我父饮酒，如有酒花成簇，聚而不散，正是顽劣孩儿，来看我父；我母针织，如有线绳成结，屡理不开，便是孩儿春光，来探我母。

唯愿我父我母，衣暖，食饱，寝安，身健。儿在他乡，亦当自顾，父母无以为念。

时时戎马未歇肩，不惧坎坷不惧难。

为有牺牲多壮志，不破楼兰终不还。

不孝儿春光顿首，顿首，再顿首

庚子鼠年正月二十

《楚天都市报》的记者柯称年前携妻儿外出休假，却因疫情被困在云南丽江，由当地疾控部门安排隔离。但他没有缺席这场武汉保卫战，在隔离点，他克服困难，利用网络远程办公，坚持采访。其62岁的母亲周玉珍在汉口居家守望，既为儿子骄傲，又替儿子担心，终日牵挂，写下这封家书。

这场武汉保卫战你没有缺位

——写给"远程抗疫"的儿子

周玉珍

作者简介：

周玉珍，曾任湖北南楚公司办公室主任，获优秀共产党员、先进工作者称号。现退休，居武汉。

柯称吾儿：

见信如见面。

一个春节熬过来了，一个正月也熬过来了，眼看惊蛰就要到了，窗外院子里的迎春花树上一片雪白了，你却还在遥远的他乡，不知何日是归期，妈妈的挂念越来越深。

自从你带着妻儿腊月二十七登上飞机飞往云南的那一刻起，妈就多了一份牵记，武汉离云南可有2000多公里呢。没想到大年三十的中午，听到了非常不好的消息：你们刚到云南丽江，随行的岳父就被诊断为新冠病毒感染者住进了医院，而你和媳妇文婷也出现了发热症状，被安排在另一处医院隔离观察。我一听，吓得腿都软了。这可怎么办？这个病可不是一般的头痛感冒，而你们身边还有我不满8岁的孙子和你老岳母。我和你爸急得团团转，你爸还准备赶往云南，但当时武汉已封城，根本出不去。我们束手无策，只好不停地给你发信息。

我再三嘱咐你，遇到这么大的困难，一定要冷静，跟妻子文婷两人多沟通，安慰好身边的老人和小孙子。而你可能因为忙乱，又怕说多了让我担心，很少回信息，这叫我越发害怕。一直熬到次日，你才来电说你和文婷的体温已降下来，生活也得到了当地政府的妥善安排，我们这才松了一口气。虽然如此，我的心还是一直悬着。

元宵节那天，我和你爸正念着你们，看到了你写的报道《一名武汉游客被隔离14天后写下的日记》，好不惊喜。你的这篇文章我含着眼泪一连读了3遍，你们没有受到歧视，还得到了各方面的关心，丽江医护人员每日精心的照料，使你岳父完全康复，你们也顺利度过了隔离期。愿你将对逆行者的感恩之情化作日后的精神动力和工作成绩。

果然，你很快交出了漂亮的成绩。因为武汉封城，你不得不在丽江租房住下。开始你因无法投入这场战斗而焦躁不安，但很快调整心态，通过网络采访来坚守工作职责。这些日子，我几乎天天在媒体上看到你写的文章，算算有20多篇，每篇的点击量都不低，留言评价也很高。我真为你高兴。不光是因为这些文章，更因为你的职业精神和社会责任感。可以想见这些文章背后的不容易，你虽是在外围参战，但这场武汉保卫战你没有缺位。

这一个多月来，虽然牵挂你们，但我不敢给你发太多的信息，生怕打扰你的工作。我只有天天看你的朋友圈，一条不漏地看，从中捕捉你每天的信息，猜想你们的状况。

现在，武汉的抗疫工作取得了初步成效，但疫情尚未完全控制，你的战斗任务也就没有结束。希望你在继续完成本职工作的同时，做好自我防护。院子里的迎春花都开了，武汉恢复的春天也会很快来临。盼望你带着妻儿早日归来。

妈妈亲笔于汉口

2020年3月3日

周玉珍望着地图上的云南，思绪翩翩

辑五　家国篇

流淌在血液里的情怀

黃鶴樓

流淌在血液里的情怀

2020 年 3 月 13 日，来汉整整一个月的重庆医科大学附属第一医疗队援鄂医生王越，一气呵成写下了一封写给武汉的情书，字里行间溢满了对武汉这座城市炽热的情感和浓浓的爱意。这封信既是王越不会忘却的记忆，也写进了武汉市民的心里……看到此信，90 后武汉小伙耿天维写下回信，致敬山城与江城共同进退的情谊。

武汉，我爱你，有所求

——山城与江城的通信

王　越　耿天维

作者简介：

王越，重庆医科大学附属第一医院内分泌内科医生，重庆市第 8 批支援湖北医疗队队员，医学博士。

耿天维，湖北人民出版社青年员工，策划有《生活垃圾分类科普读本》，参与责编“张富清系列图书”等。

亲爱的武汉：

你好！

我是一个来自重庆的姑娘。今天刚好是我来汉的第30天。30天，不够长，也不算短。在这特别的日子里，我写此书信，向你表达心意。

我是一个爱旅行的人，到每一个目的地之前必会做好详尽的攻略。我去过许多城市，还从未到过这里。也曾想过有一天，我会化着美美的妆，满怀期待地来拜访你。但未曾想，和你的相遇，竟是如此措手不及。

2020年2月13日，也就是一个月前的今天，我在凌晨接到来汉的通知，并在当天随医疗团坐专机抵达。第一次来见你，行色匆匆，心事重重，还顶着一头自己瞎剪的乱糟糟的头发，实在有些不好意思。

来汉之后，在病房工作以外的其他时间里，我一直待在硚口区六角亭街的驻地。因此，我虽已来了30天，但你可能并没有注意到我。想必你也不会知道，从见到你的第一眼开始，我便对你有了好感。

那是在2月13日的下午，我随队到达天河机场，看到许多人站在机场出口挥舞着国旗迎接我们，他们一边喊着欢迎的口号，一边指引着将我们送上了贴着“守护医者志愿队”标志的客车。从机场到驻地，一路上车极少，但夜晚的你仍被闪耀的万家灯火点亮。谁说这是一座空城？明明这每盏灯的背后都有一个家庭在坚守。

在汉的一日三餐，吃的都是送到驻地来的定制盒饭。第一次领到丰盛早餐的我，模糊了双眼。想起网络上铺天盖地关于你的消息，想到你在疫情暴发扩散的时刻毅然关上城门，你日复一日运转的齿轮，被强制暂停，让往常理所当然的一切，都变成奢望。此刻，忙碌在我眼前的当地人，每一位都戴着"志愿者"的光环。毫无疑问，哪怕物资缺乏、人员疲惫，你依然倾尽所有，把最好的一切奉献给我们。想到你默默忍耐、默默付出的这段黑暗时光，我打开餐盒，一口馒头一口粥，眼泪流进了心里。在那一刻，我便动了心。是的，在 2 月 14 日那天。

次日，我走进了你的病房。穿着防护装备的我看着镜子，几乎认不出自己了。没有优雅的白大褂，而是一副生化危机打怪兽的模样，就这样出现在你的医院里，唉，实在抱歉啊。"依旧是美的，要加油哦！"我鼓励自己，并转身向污染区里的病房走去。

"医生，我们隔远一点。"这是我在你的病房里听到的第一句话。当时我心头一暖，向前一大步，握住那位病人的手，说："别怕，我们穿成这个模样，就是为了能靠近你们呀。"不管在哪里，病人对医生来说，从来都不是陌生的。病人道谢，我说："医生治病救人，本就是应该的。""不是应该的，你们应该在家里，在重庆，你们来这里不能算是应该。"一个大叔感慨道。"有福同享，有难同当，我们是'共饮一江水'的同胞嘛！"我心里盼着，工作服上"重庆"的字样不让他们觉得有距离。

30 天了，病人们陆续出院，86 岁的奶奶也即将出院。有一天中午 12 点，她扶着墙摇晃地走到医生办公室门口，我向她走去，仔细分辨着她说的武汉话。"吃饭呀"，我只听懂了这句，转头问护士："这个奶奶需要喂饭吗？"护士说奶奶刚吃过饭，奶奶却又指了指我，再次说："吃饭呀，吃饭！"我懂了，她是担心我没吃饭。不理会我的回答，她只顾着拉我到她的病房，要把平时医院发的牛奶和点心都塞给我。我心里一阵感动，想着如果不是病房里的东西无法带出，我一定会接受老人家的心意。

方舱医院关门大吉的消息传遍了病区，这是胜利的曙光。“他们都回家了，等我们回家，你们也回家，这件事情就算是过去了。”一个病人说。我鼻子一酸，想起了那许多再也回不了家的人。下班后卸下防护，当流水冲洗着满是勒痕的脸，我任眼泪悄悄地流了一小会儿。可这一幕还是被你看到了吧？因为那天回程的路上，有阳光一直照在我身上。

你是英雄的城市，你的人民是英雄的人民。这30天里，你的志愿者们在各个岗位上日复一日地坚持，正经历着劫难却奉献着一切的人们，每一位都闪耀着人性的光芒，温暖了我这个异乡人，也温暖着你最寒冷的时节。

王越医生在防护服上手写寄给武汉的“情书”

我在冬末遇见你，现在已是初春。天气转暖，万物复苏，虽偶有阴雨，但晴朗的日子更是多见。早听说，春天是你最美的季节，黄鹤楼上白云悠悠，珞珈山下樱花盛开。我虽只能待在酒店的房间里，但闭上眼睛，仿佛仍能看到这一切。我是一个微不足道的女孩，但你却是一座辉煌的城。古往今来无数过客归人皆为你倾心，他们在此地颂扬着“高山流水遇知音”的传奇，感叹着“晴川历历汉阳树”的锦绣，震撼于“唯见长江天际流”的气魄。

原谅我没有更好的诗句送给你，但你一定知道，在这30天里，我和我的战友们奋斗在此地，同你的人民肩并肩站在一起，誓要打赢这一场保卫你的战役。我无法用足够的篇幅，把这30天里所有的故事都讲给你，但我在你的土地上流下的每一滴汗水和泪水，都在证明我的心。

爱在于付出，本不该有所求。但我爱你，却盼能得你回应。在夏天到来之前，我将离开你，但我希望有朝一日归来时，有硚口六角亭巷口的热闹拥挤，有崇仁小学教室的欢歌笑语，还有店家在小路上拦住我，劝我先吃一碗热干面再继续走下去。到那时，我会和当地人坐在一起，不经意地说起我曾来过这里，那是在2020年的春季。

武汉，我的江城。我爱你，有所求。

我要你在自此之后的漫长岁月里，平安，欢喜。

重庆医科大学附属第一医院援鄂团王越

2020年3月13日于武汉

王越医生：

你好！

横笛落梅、碧云飞燕，3月的武汉春光无限，我看到一朵朵花，因你曾在此挥洒汗水的浇灌而绽放。由于太晚才看到你的书信，所以我这封信也回得姗姗来迟。我是一个土生土长的武汉青年，同所有武汉人一样，为你以身赴险、救死扶伤的行为而感动。

你来到武汉正好足月，可以见证一轮盈亏。不论春夏秋冬，江城与山城，虚盈晦朔，千里与共。江上月明如水，山间月朗风清，望月，我们容易怀人，联想到一切远方的美好。

你是一个喜爱旅行的人，而我是一个不爱出门的编辑，即便没有去过重庆，我也从书本和资料中对这座同样英雄的城市有所了解。重庆和武汉一样，都是在屯兵筑城的基础上发展起来的城市。秦时明月下映照的巴郡城，三国兵火中筑起的御月城，后来也成了盛唐李白“思君不见”的渝州和“举酒酹水”的沔州。共饮长江水，上游的重庆和中游的武汉真正一衣带水，在历史性的灾难面前从来都是共同进退的棠棣。很多时候，面对外来威胁，武汉仿佛就是重庆的一堵天然屏障，比如武汉大会战使得中国抗日战争进入战略相持阶段，保住了陪都重庆；但二者有时会成为难兄难弟，比如面对资本主义列强的入侵，在1861年武汉开埠不久，1890年重庆也被迫开埠。

重庆与武汉就是这么一种唇亡齿寒，休戚与共的关系，我们同在一次次战争与苦难中成长，各自成为长江上游地区和中游地区的政治、经济和文化中心。所以重庆同武汉一样，不会惧怕这样一场战“疫”。武汉有难，重庆紧急驰援。

“大江歌罢掉头东”，一路巴山楚水。蜀道难，隔不断牵挂；风波恶，滞不住征途。山水之邻，风雨相济；“万舸连帆”，直下武汉。对于重庆人民的这一份雪中送炭的援助，武汉人民会永远铭记于心。对于青春的你的苇航，我想到了木兰从军的故事。

武汉是一座有文化底蕴的城市，木兰故里就在武汉市黄陂区。我在你的奉献和坚守中，感受到了一股木兰式“巾帼不让须眉”的豪迈。现在有的姑娘，常表现出一种“愿题彤管篇中字，不羡燕然石上勋”的精致小女生姿态，同她们相比，你展现出一种刚柔相济的美丽，宛如一朵战火中盛开的铿锵玫瑰。

同样，“高山流水觅知音”的传说也是武汉一张靓丽的名片，人与人的共鸣是世上最真挚的情感。“不管在哪里，病人对医生来说，从来都不是陌生的”，你看破“空城”中每一盏灯后是一个家庭的坚守，理解武汉壮士断腕般封城的悲壮，你就是武汉人民的知音。大叔对你“应该在重庆”的感慨，婆婆对你饮食的关心，包括我们对你的一封封回信，也说明武汉人民是你的知音。我们知道你来自另一个“火炉”——重庆，身上带着火锅似的热情和解放碑的坚毅，你是在《红岩》的江姐精神熏陶下成长，所以奋不顾身前来帮助武汉。

武汉也是一座英雄的城市。疫情暴发以后，有无数像我们一样的年轻人奋斗在抗疫一线：他们有的是医护人员，与时间赛跑，与病魔较量；有的是青年民警，维持秩序，出生入死；有的是社区志愿者，穿上“红马甲”，走街串巷，排查宣传……我本人也报名成为社区志愿者，为抗疫贡献了一份微薄之力。习近平总书记在这里考察时曾深有感触：“过去有人说他们是娇滴滴的一代，但现在看，他们成了抗疫一线的主力军，不怕苦、不怕牺牲。抗疫一线比其他地方更能考验人。”

一代人有一代人的使命，一代人有一代人的担当。在疫情之下，我们年轻一代应像一个贾岛的剑客，十年一剑，且试霜刃，走出长辈的庇护，在抗疫的实际行动中证明自己的成长，以青春力量铸就时代脊梁。一人一扁舟，万舸此中来，中华民族的伟大复兴则后继有人，指日可待。

春风不会停留，你来了又走，只留下一封深情的书信。见字如面，我仿佛在一撇一捺中看到了你这 30 天的心路历程。没有亲眼看到“黄鹤楼上白云悠悠，珞珈山下樱花盛开”，肯定有些遗憾吧？没去过重庆的我也同样有点遗憾：除了拥有重庆火锅、涪陵榨菜、水煮肉片等美食，重庆也是一座历史文化名城，对武汉有着天然的吸引力。待到疫情退去，我计划去重庆看看，到时候也欢迎你再来武汉故地重游。

大江东去，汉广西来，交汇于此，朝宗于海，自然的神工造出武汉三镇的独特格局。在这里，有白云悠悠，黄鹤杳无，玉笛暗飞，梅花飘萧的千年风物；有楚文化、神鸟文化、码头文化、市民文化的彼此交融……

这就是美丽的江城，雄浑的大武汉，这座城市的大门将永远为你敞开！

武汉青年耿天维

2020 年 3 月 17 日

这封信的作者是孔子第75代后裔孔祥德。孔先生积极投身于中外文化交流建设，向美国和世界人民推介汉语和中国传统文化，是他毕生追求的事业。疫情发生后，孔先生牵挂着生病的武汉和祖国的小朋友们，写信问候。

武汉，让人无法不对你动情

——海外华人写给祖国的小朋友

孔祥德

作者简介：

孔祥德，孔子第75代后裔，美国孟菲斯大学地理系终身教授，孔子学院院长及亚洲研究与国际贸易项目主任，曾是中国科学院的客座研究员。

亲爱的小朋友们：

你们好！

我叫孔祥德，是一个生在武汉、长在台湾的美籍华人。你们可以称呼我“孔爷爷”。看到“孔”字，是不是觉得很熟悉呢？是的，我是中国古代著名的思想家、教育家，儒家学派创始人孔子的第75代传人。

70多年前，我在汉口汉正街呱呱坠地，不久就被父母抱去了台湾，之后到美国求学，在美国生活了近40年。在这40年里，我与武汉有割舍不断的联系。我近百次到武汉的湖北大学、华中师范大学和中国地质大学讲学，作为孟菲斯大学孔子学院院长，带着州议员团、校长团、学者团和学生团到访武汉。我们去过拥有“天下江山第一楼”美誉的黄鹤楼；走过素有“万里长江第一桥”之称的长江大桥；领略过湖北省博物馆的镇馆之宝；观赏过中国最大的楚文化风景区东湖磨山景区；游览过城市生态新地标园博园；品尝过武汉100天不重样的早餐。古琴台、晴川阁饱含荆楚文化的底蕴，汉正街、光谷城透着浓厚的现代气息。东湖秀色，珞珈青峦，琴台遗韵，红楼倩影，既有历史遗产，又有革命传统。每一次的“回家”，我都能感受到不一样的武汉。

然而，突如其来的病毒让武汉生了病。为了更多人的健康，为了不把病毒传染到其他城市，武汉选择了“牺牲”自己，切断了与外界的交通联系，让“九省通衢”的城市失去了往日的繁华，热情豪爽的武汉人失去了往日的笑容，大家忧心忡忡，无心享受春节假期的愉悦。各地医务工作者不顾个人安危，义无反顾地奔赴湖北；世界各地的爱心人士千辛万苦送来医疗物资；还有无数为武汉战胜疫情默默奉献的志愿者们……

当看到湖北确诊人数连续几日增幅达数百人时，我们慌了；当看到医务人员为救治患病者不眠不休，脸上满是口罩勒痕时，我们哭了；当听到有人因为感染病毒不幸去世时，我们怕了；当听到诋毁歧视湖北人的言论时，我们怒了。我们无数次在心里默默为武汉祈福，希望疫情能早点过去，平静美好的生活能早日回归。

小朋友们，你们也辛苦了，我为你们而骄傲，你们能耐得住困守家中两个月的无聊和寂寞，这就是在为武汉、为湖北、为整个国家作贡献。你们肯定很怀念与伙伴们一起玩耍的快乐，怀念与家人一起踏青的浪漫，怀念与老师一起吟诗诵词的畅快，怀念漫步校园的惬意……我们要相信，没有一个冬天不可逾越，没有一个春天不会到来，而且我们已经欣喜地看到，春天已近，病毒将逝，万物复苏，一切都会好起来。

新冠肺炎不断地在全世界蔓延，有一些责怪中国的声音响起，世界卫生组织流行病学专家艾尔沃德却发表了“全世界都欠武汉一份情”的言论，艾尔沃德说：“虽然我离开了中国，但是我的心有一部分留在那里。此时的武汉，让人无法不对它产生感情。”正如习总书记所说：“武汉不愧为英雄的城市，武汉人民不愧为英雄的人民，必将通过打赢这次抗击新冠肺炎疫情斗争再次被载入史册！”我为生在武汉而感到骄傲，也希望你们为自己是一名湖北人而自豪！

孔子倡导仁义礼智信，创立了以“仁”为核心的道德学说，仁的本质是爱人，体现人的生命关怀；仁的内涵是忠恕，奉献为忠，尊重为恕，意味人与人、人与家、人与国之间应注重和谐的关系。正如歌里所唱，“一玉口中国，一瓦顶成家，都说国很大，其实一个家”，家是最小的国，国是千万个家。是家，给了我们温暖和关爱；是国，给了我们无穷的力量和勇气。

小朋友们，你们是祖国的花朵，更是民族的希望、国家的未来。今天的你或许尚在蹒跚学步；或许在教室里大声朗读；或许在操场上尽情奔跑……殷切的目光关注着你们，温柔的呵护围绕着你们，绚烂的梦想等待着你们。今天稚嫩的幼苗，终有一天会长成参天大树，成为国之栋梁。

期待疫情结束之后，我能再带着更多的人到这个白云黄鹤的故乡，体味鱼米之乡的幸福甜蜜。小朋友们，让我们共同为武汉加油，为湖北加油！

孔祥德

2020年3月12日

罗杰·洛德是加拿大蒙克顿大学钢琴教授，被《中国日报》誉为“加拿大钢琴王子”。作为加拿大新不伦瑞克省孔子学院的优秀学员，作者先后应邀访问中国20余次。他酷爱中国音乐和中国文化，在得知中国国内疫情日益严重后，他写了一封信，以此表达他对中国，特别是对湖北武汉孩子的问候和祝福。

排除万难，赢得全世界的赞赏

——加拿大钢琴家写给湖北的孩子们

罗杰·洛德

作者简介：

罗杰·洛德（Roger Lord），世界著名钢琴家，加拿大蒙克顿大学钢琴教授，加拿大新不伦瑞克省孔子学院的优秀学员。

亲爱的湖北的孩子们：

你们好！

我是加拿大蒙克顿大学的音乐系教授。这是一所位于加拿大新不伦瑞克省的法国语言大学。我也是一名国际音乐会钢琴演奏家，曾在六大洲的很多国家演奏过。1999 年以来，我到过中国 32 次，游览了 29 个省市。第一次来到中国，我就爱上了这个美好的国度：美得让人屏住呼吸的风景，充满活力的城市，多元的文化，美味的食物和美妙的音乐。我非常热爱中国音乐，2012 年也有幸成了第一个录制中国钢琴曲的非中国籍演奏家。这张名叫《中国宝藏》的 CD 在北京录制，于 2013 年发行。每次个人演奏会上我都会表演中国曲目，观众们也一样为之着迷。

2006 年和 2011 年，我曾有幸两次在武汉演出，武汉给我留下了美好的回忆。武汉之大，让人吃惊：加拿大最大的城市都不及它的一半。一切都让人难忘：黄鹤楼，户部巷的小吃，汉街，横跨长江的双层大桥……

当武汉的新冠肺炎疫情消息传来的时候，我在加拿大悲伤难抑。我同情你们的不幸遭遇，也很赞赏中国人民所付出的努力。武汉是一座美丽的城市，而中国人也无比勤劳，无比坚强。这次疫情也直接影响到我的台湾之行，原定 3 月举行的演奏会不得不取消。如果情况改善，趋于稳定，台湾的演出或许在秋天奏响。

UNIVERSITÉ DE MONCTON
CAMPUS DE MONCTON

Dear students in Hubei Province.

I am a Music Professor at the *Université de Moncton*, a French language university in the Province of New Province in Canada. I am also an international concert pianist and I have performed in numerous countries on six continents. I had the chance to go to China 32 times since 1999 and visited 29 provinces and territories. Since my first visit to China, I fell in love with your gorgeous country, the breathtaking landscapes, the exciting cities, the diverse cultures, the delicious food, and the beautiful music. I love your music so much that I was the "First non-Chinese pianist in the world to record a CD of Chinese Piano Music" in 2012. The CD entitled "Chinese Treasures" was recorded in Beijing and was released in 2013. As a matter of fact, I perform Chinese Piano Music in all my solo concerts and everywhere audiences are charmed and totally delighted!

I had the great pleasure of performing in the city of Wuhan twice, in 2006 and in 2011. I keep wonderful memories of my two visits to Hubei province. I was struck by how big the city of Wuhan was. It is be at least twice as big as the biggest city in Canada! I remember seeing the Yellow Crane Pagoda, grabbing a snack nearby on Hubu Alley, walking on Han Street, and admiring the double-deck Wuhan Yangtze Great Bridge over the majestic river.

I am here in Canada and I have deep emotions and sadness when I hear the news about the coronavirus in Wuhan and in Hubei Province. I feel sincere sympathy for all of you and I admire the way the Chinese people are coping with this unfortunate situation. Your live in one of the most beautiful countries in the world and the Chinese are hard working people with unmatched determination. I am also directly affected by this because my upcoming concerts in Taiwan this March have unfortunately been cancelled We hope that this concert tour will be postponed to the Fall, if the situation is stable and under control by then.

My province in Canada has not been touched by the coronavirus at this time, but we all realize that it is not easy for the people and the children in China to stay confined to their homes and not being able to go out at their own will. This is not an easy time but, there is no doubt, you will get through this and you will all have earned the admiration of the entire world!

I hope you all stay healthy and I send you my best wishes!

Dr. Roger Lord
Piano Professor
Département de musique

Moncton (Nouveau-Brunswick)
E1A 3E9 CANADA

罗杰·洛德博士的书信原文

虽然我在加拿大生活的省份还未遭遇疫情，但我们都理解，此时此刻中国人民和孩子们被困在家，不能随心所欲地外出，这是多么艰难。岁月艰辛，但我们相信，你们一定能排除万难并赢得全世界的赞赏。

顺祝安康并致以最美好的祝福！

罗杰·洛德博士

2020 年 3 月 4 日

这是著名电视策划人、节目主持人白燕升写给武汉市民的信。因为疫情，原本打算在2月11日录制的节目《戏码头》无限期延迟。想起在武汉的好友、同行和素不相识的戏迷朋友，白燕升心情沉重，却也被坚守家园的武汉人民鼓舞，期待着武汉熬过苦难、重启再会的日子。

致敬武汉，熬过苦难成英雄

——节目主持人寄武汉

白燕升

作者简介：

白燕升，著名电视策划人、节目主持人。主持的戏曲节目代表作有《燕升访谈》《伶人王中王》《擂响中华》等。

亲爱的武汉市民：

你们好！

自去年 12 月 28 日一别，至今已整整两个月。

还记得去年 12 月 27 日晚，我在武汉洪山礼堂主持《2020 元旦戏曲晚会》。来自北京、上海、广东、河南等地的戏曲名家齐聚“戏码头”，和湖北本地名家一起，以一台最高水平的演出迎接新年到来。当时，每个人脸上都洋溢着笑容，对新的一年充满憧憬和祝愿。我们相约来年 2 月 11 日在湖北卫视《戏码头》再会。

不料，新冠病毒在那时竟已悄然肆虐，不到一个月的时间，感染人数急剧上升。为防止疫情蔓延，2020 年 1 月 23 日上午 10 点，武汉全城封闭。听到这个消息，我久久不能回过神来，心也隐隐作痛。这是一个有千万人口的特大城市啊，竟然因为疫情在除夕前一天全面封城，足见形势之严峻，防控之果决。

等到情绪渐渐平复，我挨个联系在武汉的朋友，其实在此之前这就已经成了我每天的“例行工作”。我询问他们的情况，也借由他们了解武汉的情况。身体怎么样，情绪好不好，家里粮食蔬菜够不够，有没有买到口罩和酒精……这些平常无须太过留意的家长里短，都成了此刻我们关心的头等大事。于朋友们而言，这是我对他们的关心；只有我自己知道，我从他们的乐观从容中得到的安慰更多。

封城的时间越来越长，我的心情也越来越沉重。虽然有关《戏码头》的工作早已无限期推迟，我却越来越多地想起武汉，想起《戏码头》，想起湖北广播电视台的同事朋友，想起观众席上和电视机前你们那一张张生动的笑脸。你们中间许多人和我相识，我知道姓名，也有过交流；还有许多人叫不出姓名，没有说过几句话，但很面熟，很亲切；更多的是素不相识的戏迷。你们每个人都发自内心地给予我尊重，怀着热情配合支持我的工作，让我每一次到武汉都有一种回家的感觉。

而现在，我的“家”病了。

1月31日，我从外地回到北京，第一时间到银行向湖北省慈善总会捐款50万元。办完手续的那一刻，我的心忽然安宁许多。我一直想为武汉，想为这个“家”做点什么。我无法像白衣天使那样冲锋陷阵，也无法像一个真正的武汉人那样经历生死考验，那么，尽自己的所能以表寸心吧。看起来是我帮助了“家人”，实际上何尝不是成全安慰了自己呢？

2月11日，因为沉浸于疫情太久，已经快要失去时间概念的我，突然惊醒——这是原定的《戏码头》2020年第一季开录的日子啊！如果不是这场疫情，此刻我已经身在武汉，在节目录制现场，和你们在一起……那将是怎样的一种热闹欢乐啊！此后的几天，每天我都在想，如果一切正常，今天该是哪几位名家登场，来到现场的又会是哪个社区的戏迷？我甚至忽然有种感觉，你们中间也一定有很多人和我一样，想到了《戏码头》吧。

这种状态一直持续到2月18日，原定录制档期的最后一天，节目主题是“楚汉同辉”。我原本邀请了肖毅勤、于盛乐、程良美、胡和颜4位德高望重的楚剧、汉剧老艺术家，带领各自剧种的中青年名家，在这一天同台献艺，向武汉“戏码头”，向楚剧和汉剧致敬。这4位老艺术家，年龄最小的已73岁，年龄最大的81岁。他们经历了时代变迁、人生起伏，见证了戏曲的起起落落，如今仍然坚守在授徒传艺的第一线。现在，他们作为武汉市民，同他们的家人、朋友、学生、邻居，如同你们每个人一样，在疫情中坚守家园，等待春暖花开。这不正是武汉这座英雄城市的一个缩影吗？

我期待疫情过后和他们，和你们每一个人，重逢在武汉，重逢在《戏码头》，欣赏他们的艺术风采，致敬他们，更致敬你们每一个人的生命芳华。因为，你们揭示了一个并不浪漫，却给人无限勇气和力量的生活真相：不是天生英雄战胜了苦难，而是普通人熬过苦难成了英雄。

祈盼健康平安，期待早日重逢。

白燕升

2020 年 2 月 28 日深夜于北京家中

这是著名儿童文学作家桂文亚写给武汉的信。新冠病毒让她深爱的武汉“跌倒”了，她心痛着、思索着，写信为武汉祈福，相信武汉一定会在“跌倒”的地方重新站起来！

跌倒了，就爬起来
——作家写给武汉

桂文亚

作者简介：

桂文亚，著名儿童文学作家，曾任海峡两岸儿童文学研究会理事长。著有《班长下台》《思想猫》《长着翅膀游英国》《美丽眼睛看世界》等30多部儿童文学作品。

武汉的朋友们：

新冠肺炎疫情暴发到今天提笔的3月1日，正好满两个月。

湖北武汉有我多次拜访的足迹，除了遍游历史名胜古迹，在文友交往中，长江少年儿童出版社也是长年合作的对象。疫情初始，我就一直关注报纸和电视新闻密集的报道。紧张、焦虑和沉重的心情摆荡在昆明、北京、上海、金华、武汉和哈尔滨各地朋友的"通风报信"中，我们互相鼓励，互相打气，也虔诚为武汉祈福。

谢天谢地，漫长的两个月，终于从惊涛骇浪中，逐渐翻转原先濒临失控的局面。这期间，固然发生了许多扣人心弦的悲剧，也同时出现了许多温暖动人的故事，让人深受鼓舞。

武汉封城之后，许多居住在城中不同国籍的外国人纷纷被安排撤离。住在武汉的乌克兰籍年轻女孩安娜斯佳·米莎却拒绝返回祖国。

使馆联系人对她说："你的国家有关当局说可以安排你回去，可是得把狗狗留在武汉。你愿意吗？"

"不行，我要留在武汉！它很爱玩耍，会吻我，也很爱我。"米莎露出甜蜜的笑容。

"所以你一定要和它一起走？"

"嗯！如果你有一个孩子，你会把孩子独自留在这里，然后自己离开吗？”米莎坚定地说，“我会留在这里。真的不行！”

过了几天，米莎接到一通电话：“你好，安娜斯佳，我想亲自向你致电，因为这对我来说很重要。”听筒那头是陌生人的声音。

谁也猜不着！这位口气亲切的男士，竟然是乌克兰总统泽连斯基！

原来，米莎姑娘拒绝回国的个案受到媒体报道，身为乌克兰总统的泽连斯基答应“连人带狗”让自己的国民回返家园，这真是太好了。

法律固然不可动摇，却应建筑在人性美善的基础上，人与动物都是生命，也只能活一次，写到这里，我不禁流下了喜悦与感动的眼泪。

这次疫情，是一场人性大考验，我看到人性最真实的面貌：医院里尽心尽力的医护人员，把自己当作上满发条的机器，不眠不休地照顾病患；医院中的一个个患者，无论男女老少，正与空气中看不见的魔鬼拔河；平日车潮汹涌的宽阔街道，只留下漆黑漆黑的柏油路，连一个车轮也难以滚动；马路上出现了许多“口罩人”，行色匆忙……科学家也许正在思考：如何让地球打个喷嚏，把病毒统统抖进某个黑洞……

2019 开始的一场澳大利亚丛林大火，严重破坏了当地的生态环境，科学家说，或许需要一个世纪之久，当地生态才能恢复到大火之前的状态。好消息却同时出现！澳大利亚广播公司传来最新消息：1070 万公顷被毁损的森林和灌木目前有了枯树生新芽的迹象！一种名为“黑仔树”的植物正以惊人的速度重新生长，已被烧焦的尤加利树干又开始抽出新芽……

从哪里跌倒，就从哪里站起来！我不知道自己怎么这么有信心。在此，我也想引用南非前总统曼德拉的名言：“生命的伟大不在于永不跌倒，而是跌倒后总能爬起来！”

桂文亚

2020 年 3 月 1 日

这是作家董宏量写给武汉的一封信。火神山、雷神山、方舱，成为驱魔救命之所，创造奇迹之地，只因一位位“白袍火神”壮美深远的背影。作者相信，在武汉这片土地上崛起的新地标，必定会让武汉浴火重生。

火神的模样

——致浴火重生的武汉

董宏量

作者简介：

董宏量，《武钢文艺》主编，湖北省作家协会理事。著有长篇小说《遍地黄金》《白鸽少年》，诗集《蓝色的眼睛》《钢城黎明》《少女与鸽子》，散文集《白壁赋》《渡痕》等。

我亲爱的武汉：

大疫蔓延之时，在呻吟与呐喊中，一座拥有 1000 张病床的“战地”医院，仅用 10 天时间便建成于汉阳知音湖畔，使世界惊叹“中国速度”。而使我倍感亲切的，是它被命名为“火神山”。这是因为医者仁心，仁者乐山，火神山医院是因抗“非典”而出名的北京小汤山医院的翻版；这是因为楚国人被认为是火神祝融的后代，人的肺部五行属金，火克金，希望火神能驱瘟神。

作为一名爱写诗的武钢人，我对“火神”之意象深感亲切。对我来说，所谓“火神”，就是我朝夕相处的兄弟们，白帆布工装，蓝色探火镜，脸上还时常围着湿毛巾，举起钢钎冲向浓烟烈火。记得为抢修平炉，我们还曾披着湿草袋冲进通红的炉膛，转眼间就像一团火球从炉内跳出来——那时真是苦中作乐，我在诗中把草袋赞美为“金色的战袍”。

是的，说起“火神”，人们就会想起钢铁工人的形象。我曾参与筹建武钢博物馆，特请著名画家傅中望设计广场雕像，他便画了一群“火神”——手握钢钎，并排而立，如同披甲执戈的守城武士。坦克似的博物馆位于职工上班必经之地，试想车流人潮奔涌而过时，看一眼绿树丛中耸立的现代火神，真是“甲光向日金鳞开”。可这群现代“火神”最后因种种原因未能建成，留下一片令人遗憾的空白。

我没想到，多年之后，还会有火神拔地而起，并赋予新的含义。那是穿着白色战袍的“火神”，是赴汤蹈火救死扶伤的英雄。尽管口罩遮面，防护衣遮身，使人分不清是剪去了秀发的女神，还是熬红了眼睛的男神，只有战袍背后写着姓名，但望着他们并不威武反而臃肿的身影，你便会肃然起敬，含泪感叹他们的牺牲与奉献。他们如神一般降临，从四面八方逆行，奔向黑云弥漫的危城。因为有了他们，才有了破云而出的曙光！

在这个凛冽的寒冬，先后有4万多位医护人员饮马长江，挥师武汉，冲向比烈火硝烟更凶险更诡异的病毒。他们并不是神，他们和我们一样是有血有肉的凡人，也有牵肠挂肚的老母稚儿，也有难以割舍的情丝梦絮。但为了神圣的使命，为了庄严的职责，他们赴汤蹈火，前仆后继，让火神山、雷神山、方舱，成为驱魔救命之所，成为危难之中的暖心热词。

我们不会忘记那些勒出印痕的脸庞，那些汗水浸染的战袍，也不会忘记情人节时，一对白衣情侣隔着玻璃的热吻——我们记住了钟南山，但记不住太多太多的殉职烈士和无名英雄，只能泪称为天使天兵，只能敬奉为火神雷神。他们是如此朴实，如此忠诚，在这大难之时，用再美的语言来形容和赞美，都显得苍白而矫情。

武汉啊武汉，你有多少水与火的缠绵，火与水的交织！那么，当春天终于来临，你痛定思痛筹建抗疫纪念碑时，长江之滨，高台之上，应该有一尊“火神”的雕塑。我想，那应是一对白色战袍之神，挺立在熊熊火焰之中，男神举着太阳，女神托着明月。尽管口罩和护目镜遮住了他们的面容，但每个孩子都会认识他们，认识“白袍火神”的模样：有天使般的眼睛、金刚般的威力，还会神奇地变形，变为战士，变为身边最可爱最可敬的人。蓝天白云，繁星华灯，浩荡东去的大江，都是他们壮美而深远的背景。

董宏量

2020年3月2日

现定居北京的诗人黄国辉是湖北恩施人，多少次他从武汉路过，都是行色匆匆。直到这次疫情暴发，他才发现，自己的内心深处，对武汉有着特殊的感情，想念武汉的点点滴滴。

武汉，此刻我想你了

——诗人写给武汉

黄国辉

作者简介：

黄国辉，诗人，中国作家协会创联部副主任，作品发表于《人民文学》《文艺报》《诗刊》等报刊。

武汉：

此刻我想你了

我是湖北人，准确地说

是恩施人，落脚在北方

我离武汉很近又很远

我有很多同学和朋友在那里

但我从来只留下脚印和短暂的睡眠

我所习惯的是奔波于车站和车站

是提着行李下飞机，再上另一架飞机

我还从来没有习惯

像今天这样想你

我曾经多么不愿融入你的拥挤和聒噪

经历过你的泥泞和闷热

在阅马场找一碗果腹的肉丝面

然后再在傅家坡寻一辆

准备日夜兼程的长途客车

我记得在武昌站蹲守一张站票的冷

也记得匆忙里从宾馆楼梯滑下的疼

直到后来我才明白
无论我到哪里，湖北
都是我身上永远剜不去的烙印
武汉为我垫付了成长的邮资
给了我对一座大城市最初的观察和体悟
于是不知从哪一刻开始
我把当初的停留化成想念
想念那份红菜薹的独特
和热干面的口齿留香
想念武大落满樱花的路
和首义公园里耀眼的阳光
想去东湖边纳凉
坐在伸向湖水的栈道上等待落日昏黄
或者躺在露天的凉席上做一夜梦，又或者
只是静静地伏在长江大桥的桥头
看着那轻抚岸堤的水浪

是的，我忽然想你了武汉
你怀里，有我很多想得起来的
和想不起来的人的名字
他们中间有医生也有大学教授
有几天里变出一座火神山医院的建设者
也有记录着这个城市点滴的小说家和诗人

即使我与他们经年未见却仍能熟络如初
只是有一点点、一点点的不同，那就是
他们不像我这样走进，然后又离开
他们一直在守护你，他们
更像是在这片长江边长大的孩子
他们也有托付给你的梦境和希望吧
拜托，也请你都好好地珍藏

其实想想，我的影子里
何尝没有沾染你的淡定和从容
我远离你，却和你一起享受同一颗肺的张弛
所以此刻我想你了，真切地
对那些我永远也辨不清方向的街道充满想念
对熙熙攘攘的人流充满想念
可我此刻，却不知道什么时候
能够去看你

可我依旧想你
我想把属于我的安静的夜给你
想把不被纷扰的如缎般光滑的呼吸给你
想炽热而勇敢的你
想包容又通达的你
想广博并率真的你
我想我会一直等你
等你胸襟敞开

等你繁花又盛
等，九省通衢
喧嚣再起

黄国辉
2020 年 2 月 14 日于北京

扬州市援鄂医疗队副队长、扬州大学附属医院医生冷俊岭，自2月13日抵汉以来，一直随队在武汉市第一医院支援。3月1日，他在繁忙的救治工作之余，写就了这封信，期待新生后满城绿色的武汉。

武汉的色彩

——扬州援鄂医生写给武汉

冷俊岭

作者简介：

冷俊岭，扬州大学附属医院急诊科副主任医师，扬州市援鄂医疗队副队长。

亲爱的武汉：

每每认识一个城市，我总是赋予她一种颜色。金色的北京，高傲而令人无法拒绝；红色的上海，极致繁华，激情涌动，城市的齿轮高速运转，不眠不休亦不觉得累；白色的深圳，高科技电子产品的那种瓷白、洁净，科技之中透露出一股冷静；土黄色的西安，褪去了曾属于她的金色，用一抔沉稳的黄土地尘封历史的繁盛与辉煌；蓝色的三亚、紫色的南京……

武汉呢？从没来过，朦胧印象中该是淡粉色，那是武大樱花的色彩。如今我来了，猝不及防！疫情来袭，不知不觉中我赋予了你灰色；像是身着灰袍的女巫，让人不寒而栗，向往中的黄鹤楼、武大的樱花，都失去了最初的色彩。我不期以这种特殊的形式来到这座陌生城市，还没有感觉你，却已给你披上了灰色的外衣。

我努力地感受着你原本的色彩！

夜幕降临，从机场到酒店，穿过城市主干道，寥寥无几的车辆，像是风雪中的赶路人，来不及招呼，就各奔东西。这个国际大都市，此时本该是“宝马雕车香满路”的时光，却只有一路闪烁的霓虹静静地提醒着我这里曾经的繁华。

风雪来了，灰蒙蒙的天空，像极了我的心情，像极了此刻武汉的色彩。然而，我们也来了，用白色点缀此刻灰色的武汉，在灰白之间，你是否可以感受到一丝光亮？那是护目镜后我们坚定的眼神。这些许光亮是否能让你从恐慌且焦虑的情绪中感受到平静安宁？从白衣天使到逆行者，我们依然是从死神手中抢回生命的医者；从希波克拉底誓言到南丁格尔誓言，每一个字都教会我们敬畏生命！

一切都是那么匆忙！入驻，防护，进仓，我们于匆忙之中迅速进入了熟悉的角色。看到了医护忙碌的身影，患者感激的眼神；听到了战友互相鼓励的话语，武汉司机师傅淳朴的感谢；感受到了武汉志愿者的热情，市民给予的温暖招待。

夜班后，终于慢下来，乘车回驻地，一路慢慢地感受，慢慢地回味：雪后放晴，金色晨曦照耀着这座城市，把长江两岸的美好春景从阴霾的灰色中拖拽出来，脱去长袍，让我看到你本来的颜色。

绿色，嫩绿色！是生命的颜色！

冬末初春，处处勃发着生机。虽没能下车去长江岸边走一走，看一看那万树枝头抽出嫩绿，闻一闻那羞涩，但打开车窗，让时间静止，画面定格，迎面而来的绿意，足够让我褪去疲劳。

我知道，疫情之后的武汉定是绿色的。因为那是新生的武汉，即使再度霓虹璀璨，也定不会抹杀这一抹嫩绿，坚强而温暖！

冷俊岭

2020年3月1日

这是一首关于袍泽情谊的诗。2020 年 2 月 14 日，胡云给染上新冠肺炎、杳无音信的好兄弟写下此信，呼唤好友不要倒下，不要忘了彼此的约定。

挺住，你千万不要食言

——写给患病的兄弟

胡 云

作者简介：

胡云，湖北省荆州市荆州区财政局退休干部，曾发表诗稿、论文近百篇。

好兄弟：

恍惚中，

又一次拨动电话按键，

“您拨打的电话已关机！”

“您拨打的电话已关机！”

无情的提示，

让人万般无奈，

凄苦哽咽。

你昨日来电，

让人忧心如焚。

你含糊不清地告知我，

病毒已眷顾你多日，

曾度过最困难的熬煎，

马上会被送往医院；

你语无伦次地逞强：

没事，俺是国防身体，

挺一挺只需眨眨眼；

你断断续续地说，

待到阳春三月，
我们一起遨游三峡，
欣赏大好河山风光无限。
可此刻，
你却杳无音信，
怎不让人焦急难忍，
万分挂牵！
我心中千遍万遍地祈祷，
挺住，
我的好兄弟！
挺住，
我的好兄弟！
你千万不要食言！

那一年，
我们相识在嘉陵江边，
当时你是炊事班长，
我是军校学员。
你虽沉默寡言，
却有一双迷人的凤眼，
而且身手矫健很会打拳。
帮厨时和你聊天，
知你爷爷是一名警卫员，
牺牲在抗日的烽火硝烟；
知你父亲是一位排长，

在渡江战役失去了左眼。

那一年，
你来信描述对雾都的记忆，
倾诉对兄弟的思念。
才知你又回到大山，
娶了美丽的山姑桂贤，
儿女双全，
还种植了满山的果园。
小日子虽然红火悠闲，
可水利建设需库区移民，
你虽千般不舍，
却无悔无怨。
三峡展开了恢宏的画卷，
你却背井离乡告别了家园！

那一年，
你来信倾诉心中的困惑，
才知你移居到江汉平原。
我穿针引线，
答疑解惑，
你很快适应水土，
融入善良的农民中间。
勤劳托起了初升的太阳，
鱼米之乡滋润了你的容颜。

可是南水北调，
需要你再次搬迁，
你义无反顾，
投奔到孩子身边。
北国畅饮大江的清泉，
你却再次离开了家园。

年前，
得知你孩子已经入院，
我劝你及早离开江城，
可你却长叹一声：
“我已没有自己的家园，
我还要陪伴孩子到明天。”
可今天，
却不知你是生是死，
我心如刀绞，
恨不得即刻飞到你面前。
可我也身处武汉封城戒严，
只得裹足不前。

此刻，
我多想陪你重游鹅岭公园；
我多想陪你欣赏，
三峡大坝的浪花飞溅；
多想陪你俯瞰，

南水北调工程的惊艳。

可我却知道，

现在的失联，

也许是永远的分别。

你说过，

一切都会过去，

我只得千遍万遍地祈祷，

挺住，

我的好兄弟！

挺住，

我的好兄弟！

你千万不要食言！

你千万不要食言！

待到风雨过去，

一定会春满人间！

胡云

2020年2月14日于荆州

旅居美国的陈倩倩深切挂念她曾经度过4年大学时光的第二故乡——武汉，以及一位土生土长的武汉姑娘，遥寄此信问候挚友。她深信，祖国抗疫力量的强大，必会让此刻沉寂的江城繁华如初，更添锦绣。

浮云游子意，落日故园情

——留美华人写给武汉姑娘

陈倩倩

作者简介：

陈倩倩，华中科技大学校友，曾为河南广播电视台记者，现旅居美国。

亲爱的 Shining：

你好！

听闻武汉的早樱已然初绽，于风中摇曳宛若云霞翩跹，而此刻的美国纽约依然寒风凛冽，微雪如织。祖国的白天是这里的黑夜，虽同处一片苍穹，但你我的坐标隔着星辰大海。

浮云游子意，落日故园情。武汉是我的第二故乡，是梦开始的地方，而你是我认识的第一位武汉姑娘。多年前，第一次远离家乡的我小心翼翼地推开华中科技大学宿舍的房门，你回头对着我浅浅微笑，俏丽若三春之桃，清素若九秋之菊。那个笑容在我心底珍藏了许多年，无论何时想起，我都会记得在年少时，曾有一个武汉姑娘，用她的明媚抚平了我内心的不安。也是这位武汉姑娘让我懂得，一个人的温暖与善意，或许会在不经意间为孤独的人点亮一盏灯。

江城有少小，初遇如故交。你带我逛遍校园的每一处风景，告诉我“青年园”里树木森森，终年翠绿，一方青石、一弯小桥皆有诗情画意；“东九楼”的玉兰花袅袅婷婷，丹霞浅晕，最适合晨时撷一芳清露；“眼镜湖”上曲水回廊，亭台旖旎，最适荷塘月色赏鱼观花；“老子像”前书声琅琅，才人往复，最宜忆古思今，承袭先辈风流。

“黄鹤楼中吹玉笛，江城五月落梅花。”九省通衢自是人杰地灵，校园两载你带我阅尽荆楚风骨，江城繁华。你我曾在长江桥头，看夕阳如血铺洒半江瑟瑟，叹波涛滚滚不舍昼夜；曾在户部巷里，品风味小吃大快朵颐，听熙攘喧哗人声鼎沸；曾在东湖岸边，观微风拂柳波光潋滟，听虫鸣鸟吟婉转悠扬；曾在武昌起义纪念馆，忆昔贤奋勇救国之正气，定吾辈凌云之壮志。

此前种种，历历在目。然而，2020 年用一种始料未及的方式拉开了全人类共克时艰的序幕。武汉在这场突如其来的灾难里痛苦着、挣扎着，更是坚韧着、勇敢着，你也是如此。你说好久没出门了，心里有些抑郁，但依然在电脑前办公至深夜，为小读者们奉上一篇篇“精神食粮”；你说现在就想喝一口奶茶，配着鸭脖子，坐在公园的长椅上闭目听风；你说你喜欢宅在家里，但你更喜欢看到人，看到他们和煦的笑容，看到平凡清浅的人间烟火；你说要去单位拿文件，心里有些害怕，于是穿上防护服“全副武装”，却在看见办公室里的猫时喜笑颜开，顶着汗湿的刘海给我发来了一段“人猫共舞”的视频……

武汉姑娘，无论何时都是眼里有春光，心内有暖阳。

此刻，被疫情所困的武汉或许正无比寂静，没有车马的喧嚣，没有川流不息的旅客。武大的早樱悄然盛开，尽管少了天南海北的赏花人；大江之水依然滔滔东去，尽管缺了岸边练嗓的歌者。没有一个冬天不可逾越，没有一个春天不会来临，此时若空山寂寂、凝月冥冥，不久后定会有来客如云、言笑晏晏。

此刻，被疫情所扰的江城也一定无比忙碌。来自全国各地的志愿者汇聚武汉，不分昼夜地贡献自己的力量；来自全国各地的医疗小分队齐援江城，用身体力行诠释着何为医者仁心；来自全球的睦邻有爱，用“山川异域、风月同天”温暖着武汉人的心窝；来自全世界的医疗物资，跨过大海尘沙为江城编织一道坚固的防护网。我的故乡河南省长垣市被称为“中国卫材之乡”，看到武汉医疗物资告急的消息，长垣许多卫材公司除夕开工，24小时不停歇，医用外科口罩的日产能是平时的3倍，40%的产品驰援武汉。“读一所大学，爱一座城市”，全球的华科大校友为母校、为湖北奔走呼号，集资募捐，我也贡献了自己的微薄之力。一人之力，难撼大树，万人之心，可平山海。胜利一定属于武汉！

“不知乘月几人归，落月摇情满江树。”距离故土家国如此遥远，心内的牵挂却更加浓郁。你知道吗？他国的风月再美，也不及自己祖国的一捧山泉、一声乡音。纽约特洛伊的乌鸦很多，每当它们盘旋飞过时，我总会想起“月明星稀，乌鹊南飞”。特洛伊的云霞很灿烂，当我在阳台上望着天边的云卷云舒时，心里会突然浮现出“行到水穷处，坐看云起时”。特洛伊的人口很少，当我走在安静的街道上时，心里会无比想念“长安大道连狭斜，青牛白马七香车”的繁华。

你知道吗？纽约中央公园里的街头艺人会跳中国的古典舞；自由女神像前的歌者会用中文和我打招呼；大都会艺术博物馆前的小号演奏家会演奏《童话》和《好一朵美丽的茉莉花》；时代广场光彩夺目的广告大屏上，中国各个城市的形象宣传片在云集于此的世界各国人民面前闪耀；纽约地铁里的乘客向我们诉说着对中国高铁的崇拜……这所有的一切，都让远在海外的中华儿女，脊背更加挺拔，眼神更加坚毅，心间更加自信。走出国门，让我更加深刻地感受到中华文化的厚重博大，让我更明白何为国家荣辱与个人命运的休戚与共。

纵使前路多曲折，同心不惧风雪飘。待归国，你我对酒当歌，折一枝喻家山上的玉兰，再叙鲜衣怒马少年时。祝山河无恙，岁月长安！

陈倩倩

2020年2月书于美国纽约州特洛伊

在特洛伊市家中的阳台“坐看云起时”

《战“疫”书简》音频制作名录

演　　播（按作品顺序排列）

《曾尽匹夫责，不负少年头》	柳　棣	湖北广播电视台
《感谢有你，给我穿上爱的铠甲》	童曼丝	湖北经济广播
《请感谢生命中的每一次困难》	刘慧雯	湖北经济广播
《我是一个“不负责”的父亲》	李立宏	中国传媒大学
《妈妈，对不起》	柳　芳	湖北之声
《做一个没有期限的逆行者》	谢　青	湖北之声
《爱你们，是永恒的事情》	杨　帆	湖北经济广播
《隔着空气拥抱你》	佟　鑫	沈阳广播电视台
《军功章属于你》	周　恬	湖北之声
《望着你前行的背影》	唐　霞	湖北襄阳第三中学
《记住为你的安然成长付出一切的人们》	杨　东	湖北之声
《孩子，妈妈想给你双重的爱》	肖　霞	黑龙江广播电视台
《舍不得你冲在我的前面》	彭　松	华中科技大学
《同城家书》	于多米 于祥国	北京市海淀区实验小学 中国戏曲学院
《用知识缝制铠甲》	吴俊全	八一电影制片厂
《补上一堂生命教育课》	洪　伯	北京广播电视台
《很多很多个春天》	黄博韬	湖北经济广播
《不要哭泣，请点起篝火》	白　钢	北京广播电视台
《动物是人类共生共栖的朋友》	马　林	湖北经济广播
《善待万物就是善待我们自己》	王　波	黑龙江广播电视台
《生活的美好等你去展现》	刘　飞	湖北经济广播
《我想与你来一个约定》	何　军	湖北之声
《等到阳光肆意时，听你讲向阳的故事》	王　建	湖北之声
《不愁明月尽，自有夜珠来》	赵　军	湖北之声
《战胜病魔：更快、更高、更强》	刘　飞	湖北经济广播
《我希望你成为和他一样的人》	万　敏	湖北之声
《笃实好学，愿你结实累累》	何　山	湖北经济广播
《蝴蝶兰盛开的时候，妈妈就该回来了》	晏桐霄	武汉市吉林街小学
《我们前行的脚步不会停下》	王彦欢	武汉市第六中学
《我心中的最美逆行者》	刘　颖	湖北之声
《等你来，熟悉或陌生的朋友》	宋天童	沈阳第四十三中学
《等待您康复回家的那一天》	曾靖如	湖北经济广播
《凶猛“年兽”夺不走的温暖》	张芯予	武汉枫叶小学
《盼您无恙归来》	张泽靖	孝感市文昌中学

《小黄背心，照亮武汉的那一抹微光》	刘安琪	武汉市常青第一学校
《我们一起等春天》	乐　乐	楚天交通广播
《挺住，我把外公和妈妈都借给你了》	梁　延	湖北之声
《我见过凌晨 4 点的武汉》	李雅琴	湖北经济广播
《战地黄花分外香》	周文凯	河南广播电视台
《我们的军功章上也有你们一半》	邦　华	湖北之声
《相濡以沫，不忘恩于江湖》	夏　叶	湖北之声
《写给被我“拒绝”的武汉孃孃》	杨　康	湖北之声
《劫难中的我有了坚强的理由》	彭　睿	湖北之声
《在 37000 平方米的土地上》	李　曼	湖北之声
《“人”字的结构就是互相支撑》	旭　宇	湖北之声
《愿天下承平，相思无虞》	路　一	湖北之声
《我不想做战场上的逃兵》	彭文娟	湖北之声
《在不见车辆与行人的道路上》	晓　轩	湖北之声
《我与这个城市的联结，又紧密了一些》	志　君	湖北经济广播
《在刀尖上行走》	于　乐	湖北经济广播
《听，这是武汉人民彼此鼓励的声音》	隋桂凤	长春电影译制片厂
《领国命，赴国难，纵死国，亦无憾》	达　威	哈尔滨广播电视台
《这场武汉保卫战你没有缺位》	李　燕	湖北之声
《武汉，我爱你，有所求》	孙　璐 王少钏	重庆文艺广播 湖北之声
《武汉，让人无法不对你动情》	文　勇	湖北经济广播
《排除万难，赢得全世界的赞赏》	张世奇	湖北之声
《致敬武汉，熬过苦难成英雄》	白燕升	燕声文化传媒
《跌倒了，就爬起来》	冯　悦	湖北之声
《火神的模样》	张　宇	湖北之声
《武汉，此刻我想你了》	叶建恩	湖北之声
《武汉的色彩》	王　旭	湖北之声
《挺住，你千万不要食言》	杨　康	湖北之声
《浮云游子意，落日故园情》	刘　炜	湖北之声

出品人　洪　燕

策划人　梁　延

监　制　宋文平　易　星

音频制作　胡明畅　张世奇　刘　飞
　　杜佳奕　高路一

出品单位　湖北之声　湖北经济广播

喜马拉雅 FM

扫码畅听，书信传声

图书在版编目（CIP）数据

战"疫"书简 / 李修文主编 . — 武汉：长江少年儿童出版社，2020.5
ISBN 978-7-5721-0718-4

Ⅰ . ①战… Ⅱ . ①李… Ⅲ . ①书信集 – 中国 – 当代
Ⅳ . ① I267

中国版本图书馆 CIP 数据核字（2020）第 082372 号

战"疫"书简

主　　编　李修文
出 品 人　何　龙
发 行 人　柯尊文
责任编辑　姚　磊　胡同印　黄如洁
约稿统筹　刘　瑛　吴炫凝
整体设计　朱赢椿　王　俊
摄　　影　柯　皓
排版制作　方　莹
责任校对　莫大伟
责任印制　邱　刚

出版发行　长江少年儿童出版社
业务电话　027-87679174
网　　址　http://www.cjcpg.com
承 印 厂　武汉新鸿业印务有限公司
开　　本　680 × 980 毫米　1/16
字　　数　226 千字
印　　张　17.625
版　　次　2020 年 5 月第 1 版
印　　次　2020 年 5 月第 1 次印刷
书　　号　ISBN 978-7-5721-0718-4
定　　价　39.80 元